TASCABILI

Margaret Mazzantini

Il catino di zinco

tascabili Marsilio | Narrativa

«Tascabili Marsilio» periodico mensile n. 48/1996

Direttore responsabile Cesare De Michelis
Registrazione n. 1138 del 29.03.1994
del Tribunale di Venezia

Prima edizione: marzo 1996
ISBN 88-317-6394-6
www.marsilioeditori.it

Stampato da
Grafica Veneta s.r.l., Trebaseleghe (PD)

EDIZIONE

10 9 8

2005 2004 2003

a Sergio

I

Tardavo a uscire dalla cappella. Stavo appoggiata allo stipite della porta semichiusa. Tra i battenti non rimaneva che un agio breve. Da fuori, mi arrivava il vociare degli altri, già sparsi sul sagrato: consanguinei che non si vedono da tempo e rumoreggiano attorno alla sorpresa di ritrovarsi somiglianti. Era un mattino diafano d'inverno, fiacco di nubi. Eppure dalla feritoia sottile alle mie spalle la luce penetrava come un serpe a forare l'ombra, e smascherava la pochezza di quel luogo intento. L'umido trasudava in terra dall'ammattonato e lungo le mura, cosparse di spacchi. Solo in alto la luce perdeva la crudeltà di un fendente e si acquattava nella piccola volta a botte del soffitto.

Lei stava lì, stesa sotto la volta, tra tanfo di ceri gigli e muffito. Le gambe leggermente divaricate – talmente storte che non fu possibile unirgliele, nemmeno di poco, per decenza – nel mezzo l'abito faceva una pozza, marcando il dosso della sua intimità. Un abito nero, frusto, che la prosciugava ancora di più. Non ce n'erano altri tra le naftaline del suo armadio quattro stagioni. Non ne aveva, lei, di abiti neri. Supina, rivolta al niente, la compostezza delle mani, aggranchite sul ventre insieme a un rosario, non bastava a difenderla.

E dire che m'ero sempre immaginata la solennità di un grande catafalco, e il trasumanarsi della vecchia. Invece, sulla biglia cilestrina degli occhi, la tunica scura delle palpebre calata in eterno, donava al viso la nudità di una maschera. Non aveva nemmeno la parrucca («cappello» avrebbe detto lei). Il capo era stato strofinato con la sua colonia dolciastra. Sotto la nuca, erano nascosti i pochi lunghissimi capellacchi, infissi con un paio di forcine di finto osso in quello che lei chiamava il ciuffo. Il taglio amaro della bocca serrato per sempre. Era morta, morta stecchita, piatta ferma ghiaccia.

Al ritorno dal funerale, me ne stavo sotto la doccia a far scorrere l'acqua – gli occhi aperti, le spalle poggiate contro le maioliche gocciolanti. D'improvviso, isolata in un cono di luce, eccola! Anche lei nuda, tutta maculata da ombre tremule di frascame e foglie, distesa ai piedi di una foresta su un letto marcescente di licheni e muschi – lo sguardo limpido, uno sboffo di canizie attorno al sesso, solo e spalancato come una cava abbandonata. Tutt'intorno: insetti, formiche, lucertole. Allora ho avuto negli occhi gricili di gallina dalla pelle bianca e rasposa, spaccati, svuotati dal granoturco e rigirati al sole, scuri come fegato. Gricili per fare sugo di regaglie. Avevo iniziato a pisciare, l'acqua si portava via l'urina lungo le mie gambe. Già pensavo alla carezza del mare sulla spiaggia disadorna.

Ogni tanto ci passo sotto la sua casa, e ho sempre la sensazione che sia piovuto da poco. Non so chi vi abiti adesso: ormai è un luogo murato.

«Nonna apri, sono io.»

«Io chi?»

«Io.»

Da bambina, per me, Roma era lei. Roma era casa di nonna. Spesso, però, mi pigliava la malinconia, soprattutto nel primo pomeriggio, quando lei si ritirava a fare la siesta. Avevo rabbia per questa delicatura d'umore che mi governava, ma non potevo farci niente. Me ne andavo sul balcone, aspettando invano che dal cortile spuntasse qualche mio eguale. Ero poco abituata alla città. Abitavo in campagna, e lì avevo una percezione indiscussa delle cose. Potevo correre, l'estate, urlando come un'ossessa e sgraffiarmi nei campi di stoppie, dove al tramonto bruciavano scoppiettanti falò. Con il culo infilato in un secchio, assistevo allo spegnersi di quei fuochi che esalavano al vento un odore composito d'erbe bruciate. Guardavo le stelle nella notte, ancora punteggiata da qualche brace, e smarrivo i confini di me stessa.

Nonna, invece, mi portava davanti casa sua, nel quartiere Africano, in un giardino scuro pieno di alberi oblunghi e stenti. Io avevo un cappotto agile, un po' liso, ma pieno di bottoni dorati, su cui lei aggiustava una sciarpa lunga e ruvida, che mi grattava il collo.

«Rigiratela due o tre volte,» comandava.

Zitte – solo il seccume delle foglie a sfrigolarci sotto i piedi –, io avanti e lei dietro, salivamo lungo il sentiero del giardino. Si arrivava in cima, sullo spiazzo dove s'ergeva, triste e fradicio, un bar senza avventori. Contro l'intonaco a cemento, una pila di sedie accatastate una sull'altra, accanto alla lamiera arrugginita con i gelati stinti disegnati sopra.

Tutt'intorno c'erano le panchine. Nonna s'afflosciava in un sospiro di sollievo e apriva il rotocalco. «Non t'allontanare...» m'inseguiva con la voce, mentre io me l'ero già squagliata dietro il fascio di cespugli, dove stava una giostra piena di cricchi, composta di cavalli nani con occhi egizi. Era quasi sempre deserta. Mi piazzavo lì davanti, i calzini scesi sulle mie scarpe da maschio («Ti ci vogliono, tu cammini storta, butti i piedi all'indentro. Con te è peccato sciupare la roba buona...»). Facevo sparire il moccio, strofinandomi il naso nella manica del cappotto. Anche senza vedermi lei mi braccava: «Chiuditi lì davanti! Non senti che c'è freddo?»

La giostra sotto il cigolante carico equino compiva i suoi caroselli. I rari cavalieri infanti, stavano acculati sulle groppe, così come ce li aveva infilati un adulto, di cui – sbiecando gli occhi sparuti in giro – ricercavano lo sguardo plorante di un: «Ti stai divertendo creaturino?» I creaturi si mettevano a frignare, incontrando invece i miei occhiacci da diavola infissi nei loro.

«Andiamo!» Non faceva in tempo a dirmelo: le stavo già davanti tutta sudata. Raccoglieva l'elastico che pencolava lungo la mia chioma fina, e mi rifaceva la fontanella: uno zampillo sfilacciato di capelli proprio in mezzo alla capoccia. M'agguantava una mano camminando, e sentivo l'umidore colloso formarsi tra i nostri palmi. La seguivo, ramingando in certi miei interessucci di giornata. Lei si guardava attorno col suo corpaccio gongolante. Due grossi seni anziani, unica traccia di femminilità, le allietavano il davanti. Per il resto, mi pareva un blocco di pietra da cui uno scultore, cacciati gli arti e la testa, si fosse scordato di scavare le forme del corpo.

Il ritmo del nostro procedere era stabilito dalla dolenzia dei suoi piedi, afflitti da protuberanze e da callosità letali al passo. Io ero, comunque, fiera di starle accanto. Da sottinsù mi gustavo il suo viso sempre levato, inciso come l'osso del naso nel ritratto dell'orbo Guido da Montefeltro. Non aveva rughe, soltanto qualche solco deciso e un incarnato rosa. Con il tempo, le orbite s'erano fatte più fonde e brunastre, e ciò donava al suo sguardo, di un tiepido azzurro, misteriosa profondità. Dagli archi sopracciliari s'aggettavano peli ispidi e lunghi, che le molestavano la vista. Il capo era pressoché calvo, ma a guarnirlo c'era già il cappello-parrucca.

Di ritorno a casa, mi infilava subito nel catino di zinco. Bagnata di vapore, scarmigliata, s'affannava addosso a me con la spugna dura, intrisa d'acqua bollente.

«Buona, buona! Suvvia, girati bel culettuccio! Lesta!»

Poi, con l'asciugamano incartapecorito sul termosifone, mi strofinava le chiappe rosse, ancora mezze insaponate.

«Fuori ora, piano, senza schizzare...»

Mi lasciava avvolta in quel telo rigido, nel caldo della stanza da bagno, e se ne andava verso il balcone, trascinandosi dietro il catino di zinco. Spalancava la porta a vetri e si buttava carponi nel gelo a scorticare in terra (con «quella bella acqua saponata»), a raschiare le impronte dei vasi di fiori, lì nel suo emporio di vecchi bauli, di bottiglie di pomodoro, di sacchetti di cellophane, di viti, bulloni, rubinetti, cordicelle, giornali, graste di basilico, e le amate ciabatte!

«Ogni giorno le butto 'ste ciabatte, che puzzano di sugna rancida, poi la notte non mi do pace. Sogno che ci sto così comoda e mi sveglio con le gambe tutte indolenzite, poggiate in alto, sulla sponda del letto. Guardo la sveglia, non sono ancora le sei, e prima che passi lo spazzino, scendo in strada a riprendermi le ciabatte. Ci vado come una ladra, perché ho sempre paura che qualcuno mi veda e pensi: 'Povera vecchia, smucina nella spazzatura!' Poi le lavo, e le metto qui sul davanzale, tutta contenta...»

Anche «le gioie», le teneva sul balcone in mezzo alla lordura, e passava le ore a ricercarle.

«Ma perché non butti qualcosa, nonna?» le chiedevo.

«No cara, ché, poi, in mezzo è capace mi ci va pure qualche gioia. Non si butta nulla, Tutto torna comodo! Qui all'aperto, che fastidio vuoi che mi diano questi quattro intruglietti? Poi è un posto sicuro, se m'entra in casa un farabutto, non si mette certo sul balcone a farsi vedere da tutti!»

«Ma nonna, chi s'azzarda! Se viene un ladro tu lo

ammazzi, e lo arrostisci nel forno con qualche fetta di guanciale... Brutta vecchiaccia!»

«Brutta che?»

«Sì, sei una brutta vecchiaccia... Come quella del faravioletto!»

Nonna rideva, rideva, senza riuscire a trattenersi: «Oh Signore Iddio! E tu che ne sai, porcacciona?»

«Come, che ne so? Fai finta di niente adesso? Ma se me l'hai raccontata tu la storia del faravioletto...»

Una volta c'era una vecchia cattiva e sudicia, con le vesti così lunghe da pulirci tutto il pavimento. Si teneva in casa una serva giovane, che lavorava dalla mattina alla sera senza fermarsi mai. Un giorno a questa serva le scappò di fare un bisogno, ma la vecchia stava sempre lì come un gufaccio a controllare. Allora, spolverando s'accucciò un attimo, e lo fece in terra a mo' di cane. Quando la vecchia vide quel bel tortino fumante in mezzo alla stanza divenne una diavola, e subito chiamò a raccolta l'intero paese per svergognare la serva. A turno tutti interrogarono quello stronzo con il ricciolo – ch'era detto appunto faravioletto – chiedendo: «Stronzetto con quel faravioletto in capo, dimmi chi t'ha cagato?» E lui sollecito rispondeva: «Passa là, che tu non sei stato!»

Durante la processione la servetta si faceva sempre più rossa e tremava, mentre la padrona, accoccolata nel fosso della sua sedia spagliata, si godeva la scena. Ma quando la ragazza con la voce piccina piccina fece la domanda, lo stronzo la licenziò con la solita risposta. Si alzò un mormorio tra la gente. La vecchia, temendo che lo stronzo fosse timido, gli si avvicinò per vezzeggiarlo, e gli chiese, tutta zucchero e miele: «Stronzetto mio stronzetto con quel faravioletto in capo, dimmi, delizioso, chi t'ha cagato?» Allora lui tirò fuori un gran vocione, e sbottò: «Tu, brutta vecchiaccia!» E la vecchia si buscò un sacco di legnate.

«Hai visto come c'è rimasta buggerata la megera...» rideva nonna. Poi diventava più seria: «No, io serve in casa non ne voglio!»

Che dopo la morte del marito lei abitasse sola, più passavano gli anni, e più diventava un cruccio per i figli. Era ancora forte, piena di vita, però ai suoi ragazzi brizzolati, passando per un saluto, capitava di trovarla sul panchetto all'ingresso, spaesata, con il busto slacciato sotto i vestiti, la grattugia in una mano, un paio di calze nell'altra. «Che hai paura che te le suoniamo?» le chiedevano. «Ma no, che c'entra!» rispondeva. «La domenica da voi ci vengo volentieri, poi ognuno per conto suo... Io qui sono la padrona, faccio come mi pare... Se voglio mangiare mangio... Sennò mi ficco a letto.» Loro la canzonavano sempre: «Dì la verità, ti sei fatta il tira-tira...» E lei: «Troppi ce ne avrei, troppi ce ne avrei...»

Non mentiva. Uno le si era dichiarato proprio lì sulle scale del palazzo, dandole una mano a portare su la spesa: «Signora, uniamo le nostre solitudini, diventiamo ognuno il bastone della vecchiaia per l'altro.» Lei non l'aveva neppure degnato di una risposta: «Mi scusi tanto, sa...» E s'era tirata la porta appresso. Ma non si dava pace di tanta insolenza: «Che ti vuoi venire ad appoggiare a me?! E io mi metto te per casa... Che poi, magari, t'ammali pure! Roba da matti...» rimuginava.

«Almeno una compagnia mamma... Una donna anziana, perbene, che ti dia una mano...» insistevano i figli. Ma nonna da quell'orecchio non ci sentiva proprio: «Mi sembrate matti!» li azzittiva. «E che mi prendo un'altra vecchia? A fare che?» Per lei la servitù aveva avuto un senso finché costava un materasso, mezza lira la domenica pomeriggio, e tanta riconoscenza. Tanta! «Ma oggi che pigliano quanto i professori, per carità...»

In visita dalle sue amiche, si fissava a guardare stupefatta certe dame di compagnia segaligne, con un doppio giro di perle attorno al collo, che le sembravano più fini delle padrone. «Questa si fa lasciare tutto» pensava. Oppure se ad accoglierla veniva qualcuno spudoratamente non italiano, rimaneva di stucco. «Ma che siamo impazziti?! E io mi terrei per casa un mussulmano? Neanche se mi pagassero! E no, figlia mia! Senza che ridi,» mi rimproverava «non è per cattiveria, è che non le puoi sapere, le abitudini di questa gente!»

Le sue amiche, invece, di tali compagnie esotiche ne abbisognavano proprio. Vivevano in uno stato commosso di pecoraggine, sempre con un sorriso spaventato e scimunito messo sulle labbra. Dovevano essere state giovinette da pipinaio, la bocca a forma di perfido cuoricino. Subito dopo – le cinque dita di qua e di là sui fianchi –, donne pettegole e scaltre. In casa: lime sorde con i mariti e moleste con i figli. Quindi, i capelli più corti, violetti, qualche anello di buon cucinato a far grasso attorno alla vita, e ramino, e canaste. E già ci siamo. All'alba, un luccicare d'occhi sul cuscino. Scostare le tende alle finestre e non riconoscere più niente là fuori. Consumare le panche in chiesa e vegliare, con una mano ferma sul petto, solo il murmure della propria vita.

Nonna, no. Non s'era lasciata sorprendere. Corpacciuto e sorridente Papa Giovanni s'affacciava a capo del letto; ma, dentro il cassetto del comodino, chiuso a chiave, *Porci con le ali*. Le altre vecchie si contendevano la sua amicizia, e lei si lasciava corteggiare. Le piaceva, soprattutto, che fossero benestanti: «A modo, così a modo...» diceva. «Proprio signore, come me...»

La domenica pomeriggio (riesumando dal balcone le sue gioie infreddate) usciva insieme a loro per sorseggiare un caffè, con il mignolo alzato, in un bar di via Veneto.

Qualche volta mi portava con sé: «Parla quando piscia la gallina!» Loro parlavano di serve, di sistemi d'allarme, e di cure termali. Erano incuriosite dal brulicame di somali magrebini eritrei, che, bellissimi, invadevano le strade nei pomeriggi di festa. Li scrutavano accigliate, dalle loro postazioni attorno alla tovaglia svolazzante, sul marciapiede davanti al bar. Lei seguiva la conversazione annuendo con il capo, e solo di rado distoglieva lo sguardo dal viavai della gente. Si sbracciava puntando l'indice verso un'indiana, con il drappeggio della seta raccolto sulla spalla: «Quella dev'essere una principessa!»

Io guardavo le amiche di nonna. Il riverbero impudente del sole illuminava le porosità della pelle, sotto chiazze di cipria mal stesa, e il rossetto incanalato su per le rughe intorno alle labbra. Buttavo per terra il tovagliolo, e scomparivo a raccoglierlo. In basso, assieme alle zampe arrugginite del tavolino, c'erano visoni dal taglio antiquato, caviglie ossidate dentro calze da riposo, e odore di fica vecchia.

Due volte l'anno nonna organizzava un tè. Andavo da lei qualche ora prima per aiutarla. Ripulivo dalla polvere le tazze del servizio buono e lucidavo i cucchiaini d'argento anneriti nel velluto della scatola. Poi, insieme, stendevamo la tovaglia di lino ricamata a punto a croce, e, solo all'ultimo momento, lei disponeva una guantiera di pasticceria mignon nei piatti di porcellana orlati da un righino d'oro. Le vetuste rafferme arrivavano a processione, brancolando fuori dall'ascensore verso la porta. Prima ancora che suonassero, uno scampanellio d'oro e pendenti le annunciava come l'approssimarsi di una colonia di lebbrosi.

Mano a mano i soprabiti delle signore ricoprivano lo stelo dell'attaccapanni. Stando alle loro spalle, assecondavo lo spogliarello dei dorsi gobbi, e annusavo forte quella varietà di odori senili. Prime, a entrare nella sala da pranzo, erano sempre le gemelle: due ottuagenarie completamente pazze, simili tra loro solo per una certa rapacità del soma. Fiore – grassottella, bassa, con un viso schiacciato, rosso di capillari frantumati, fulvastra di pelo, gli occhi acquosi, incorniciati da due grandi borse multiple come creste, e troppo attaccati al naso piccolo ma aculeato – ricordava un passero. Flora, la sorella, rimandava a tutt'altro pennuto. Gli abiti a penzolare sul corpo allampanato, il viso scabro, mordace, incorniciato da una capigliatura corvina piatta sulle tempie, ma poi subito in fuga verso l'alto, come per compensare l'enorme sporgenza del naso a rostro e spugnoso. Non si toglieva il lungo scialle di ciniglia e, nel suo incedere altero, era il ritratto mobile di un falco, o di un'aquila reale.

Le signore prendevano posto attorno al tavolo, la tovaglia si macchiava di tè, i pasticcini finivano negli interstizi di vetro resina delle dentature posticce, facendo capolino in ogni sorriso. Lo sguardo vivido dell'aquila reale era una truffa. Me ne accorsi quando infilò in bocca, senza scartarlo, un cioccolatino che le avevo appena offerto. Non ebbi il coraggio di dirle nulla. La osservai succhiare energicamente il bonbon, nel tentativo di ammorbidire la stagnola. Sentendomi ancora alle sue spalle, si voltò a guardarmi e, prima d'iniziare a parlare, inghiottì tutto in un sol colpo: «Grazie cara, non ne voglio più» disse. Poi sporse la punta della lingua, per lambire un baffetto di cacao, e mi sorrise: «Ma erano buonissimi, sai, con le noccioline...»

Se ne andavano. Risistemavo le tazze nella credenza. Sul tavolo tornava la centriera di cristallo. Era pattuito che dormissi da nonna. Tutte quelle signore, avevano lasciato nella casa un silenzio che ora pesava. Erano gli attimi della solitudine più grande: la luce lasciava in fretta la giornata invernale, ma ancora era presto per andare a letto, e, dopo quella sostanziosa merenda, la cena sarebbe stata un di più. Andavo all'ingresso a vedere se, per caso, nel vaso di peltro ci fosse rimasto un «moretto» col torrone dentro. Trovavo solo polvere, un vecchio chiodo e un elastico. Mi sedevo sullo sgabello e guardavo davanti a me l'orologio a cucù di legno istoriato, con le due pigne in fondo alla catenella. Era muto. Per anni avevo atteso ogni ora la sortita di quel cuculo nero, poi un giorno s'era rotto e nonna non l'aveva fatto riparare. «Cucù cucù, l'inverno non c'è più, è ritornato maggio al canto del cucù. Cucù cucù...» Invece era inverno, passate le sette, e i termosifoni erano stati spenti. Faceva freddo.

Tornavo di là, e spiavo nonna nella stanza da letto. Era seduta davanti allo specchio, calva. La parrucca ce l'aveva vicina, appuntata con un grosso spillone sulla testina di polistirolo. Si rinfrescava il capo usando un batuffolo d'ovatta imbevuto d'acqua di colonia, e nella stanza c'era un odore stucchevole di fiori macerati. Mi scopriva dentro lo specchio, e si girava. Il pezzo di cotone nelle sue mani era nero, lo lasciava scivolare nel cestino. «Hai visto come sono vecchie le mie amiche? Madonna mia, come si sono ridotte!» Spegneva sul secretaire il lumino di vetro soffiato a mughetto, e intanto già cercava con gli occhi il suo rotocalco. Attraversava la stanza e andava a leggere vicino al letto, sulla poltroncina da camera.

«Nonna mi dai i bottoni?» Alzando lo sguardo, s'accorgeva nella penombra di un chiarore alle mie spalle: «Hai spento la luce di là?» Mi toccava tornare nella sala da pranzo a spegnere la luce. Fievole, perché lei aveva svitato buona parte delle lampadine a oliva nel grande lampadario. La casa buia mi atterriva. Brancicavo con le mani aperte per difendermi. Tastavo la serratura chiusa a doppia mandata del salottino buono. Avevo paura della fessura sotto quella porta, del suo seguito nella stanza inaccessibile, proibita. Riconoscevo solo il puzzo della casa, dove abitava il corpo di lei vecchia, e i pavimenti respiravano la sua cosa nuda sotto la sottana, quando di notte scivolava fuori dal letto per pisciare.

Nonna mi aveva parlato di bambine violate, buttate in un pozzo. Le macchie scure del sangue e della terra nell'immagine sgranata di un giornale, si dilatavano nei miei occhi. Mi mostrava questi macabri trafiletti per scaltrirmi. «Non ti fidare di nessuno! Mai!» gridava. Poi sottovoce: «Se sapessi chi m'ha importunato a me! Tu non te lo puoi nemmeno immaginare!» Io la vedevo così vecchia, e non me lo immaginavo di certo: «Chi, nonna? Chi?» Chiudeva gli occhi, come per sfuggire ai fotogrammi troppo forti di quel ricordo.

Le ero di nuovo davanti. «Ho spento. Me li dai adesso i bottoni?» Cavava fuori da una scatola di latta due calze vecchie annodate, gonfie di bottoni. «Non li far cadere sai, che poi quando scopo me li ritrovo in tutti gli angoli e mi tocca chinarmi.» M'avviavo verso il letto e lei mi fermava con la voce: «Non lì! Sui letti non ci si siede! Mettiti sul tappeto.» Io mi raggomitolavo in terra, a giocherellare con quei vecchi bottoni di panno, di stoffa stampata, di osso, di plastica, di madreperla, a cupola, dorati, inargentati. Capace che trovassi anche qualche bottone di ferro, tutto ammaccato, con sopra un fascio littorio o Mussolini di profilo, elmetto in testa e mascella volitiva. Allora la interrogavo.

«Questi sono bottoni di quei tempi lì» diceva.

«Nonna, me la fai vedere la fede del duce?»

Mi mostrava l'anulare strizzato da un filo di metallo nero. Per farmi vedere meglio, scostava la fede d'oro, bella piena, che s'era regalata da sola, dopo, a guerra finita.

«Com'è brutta nonna... Non ti sega?»

Rispondeva con un grande sospiro. Nella fede nera c'era tutta la sofferenza di quegli anni. Ma non aveva mai voluto togliersela.

«Scusa, perché non te la sei tenuta la fede del matrimonio? In tutto quel macello chi se ne sarebbe accorto...»

Non m'ascoltava più, seguiva i suoi pensieri («Quanti errori! Quanti errori! Quel tonto avrebbe potuto esserci ancora... S'era fatto rigirare... Madonna! Appeso come un lepre è finito... Tutti a tirargli le pietre, e Claretta poi che c'entrava?! Che vergogna! Che schifo!») Ora leggeva, a puntate sul rotocalco, le memorie di Donna Rachele. Si rimetteva gli occhiali dimenticati sulle gambe: «Ma sta zitta, sta zitta! Che ne vuoi sapere tu, gioca va, gioca...»

I bottoni, a uno a uno, rientravano nelle calze. Ero stanca. Nonna s'alzava per controllare se i sottoascella dell'abito buono, lasciato fuori a prendere aria, si fossero asciugati, poi m'allungava il pigiama: «Mettitelo, che andiamo a guardare la televisione, due minuti, tanto per chiudere gli occhi.»

Nella sala da pranzo, sui nostri visi fissi verso lo schermo, lampeggiava il chiarore intermittente di quella luce algida. Attorno, una ressa di mobili, avanzi dei vari traslochi di famiglia: il tavolo con il piano di cristallo e, accostata al muro, la credenza sorella con le stesse zampette d'ottone, come una cicciona in punta di piedi (sul ripiano una mistura di liquori: china, alchermes, mistrà, marsala, fernet, gineprino – le melasse addensate attorno al giro dei tappi impolverati e appiccicosi), poi le sedie di legno scuro, una poltroncina spaiata, e la poltrona grande, foderata da un vecchio copriletto estivo a fiorami: la poltrona di babbo. Nonna stava lì, rincarcata, a bofonchiare il rosario. Io, accanto, mi cullavo sulla sedia, e lei, vigile, mi metteva una mano sulla coscia: «Non ti dondolare ché si guasta.»

Una sera, guardando il televisore, si rabbuiò e andò a spengerlo con uno scatto improvviso di rabbia. Prese a dimenarsi per la stanza, spostando a caso gli oggetti che le capitavano sotto mano: le bomboniere, i santini, lo schiaccianoci. E siccome io, seduta, le ero d'intralcio, mi fece alzare.

«Cercami gli occhiali! Chinati, sotto la poltrona di babbo... Ci sono?»

«No, nonna... li porti.»

«Ah!»

Con le mani iniziò a stropicciarsi la faccia accaldata, come per volersi liberare da un fastidio. E dette stura al suo furore: «La sessualità! Adesso loro hanno la sessualità!» A suscitare quest'ira era stato un programma, assai costumato, sulla scoperta dell'eros da parte dei giovani. Una dottoressa bigia, dall'aspetto irreprensibile, aveva parlato di clitoride, come parlasse di tonsille. «La sessualità! La sessualità! La sessualità...» continuò a ripetere, riempiendosi la bocca di spregio. Istintivamente strinsi il muscoletto del sesso per proteggermi. «Quand'ero ragazza, se soltanto un uomo mi avesse sfiorata con un dito...» Le parole non le bastavano più. Ancora un poco, e sarebbero stati insulti da casino.

Inghiottì le labbra tra i denti per non pronunciare l'impronunciabile. S'aiutò con i gesti. Fece un affondo, lì, in mezzo a quella mobilia ricoperta da vecchie lenzuola. Zac, zac! Duellò nell'aria come uno spadaccino, con la sua lama immaginaria, la sua mancanza virile, la sua ossessione! Zac! «L'avrei infilzato! L'avrei infilzato! Sporcaccioni!» Per la vaga idea che avevo della nudità maschile, la immaginai scimpanzé, smaneggiarsi il sesso, e, berciando, correre a possedere il mondo intero in un delirio penetrale. Sparì, chiudendosi in bagno. Sentii l'acqua scendere: nonna si preparava per la notte.

In camera si spogliava di spalle a me, seduta su uno dei letti gemelli, separati tra loro dal comodino e da un abat-jour: un angioletto dorato, che sorrideva paffuto al paralume posato sulle sue ali. Con gli occhi affioranti dal risvolto delle coperte, vedevo, nel chiarore opalescente, la forza della sua groppa di vecchia guerriera, la pelle incredibilmente levigata. Si piegava di lato, a tastare la camicia da notte sotto il cuscino, e le indovinavo i seni lenti, i capezzoli larghi, rotti. S'accuccava così, di fianco, buttandosi giù sul letto in un sol colpo e tirandosi appresso le gambe, senza stenderle. Rimaneva immobile: un pachidermide oltre il quale non vedevo più niente. Mi richiamava all'ultimo dovere: «Hai detto la preghiera?» Poi spegneva la luce. Nel buio, sentivo il tonfo della dentiera che cadeva nel vetro del bicchiere. Era notte.

Spesso pensavo ai sogni di nonna guardando la porta serrata dello sgabuzzino. Lì dentro, passando direttamente dal sonno al gesto del rabdomante, aveva trovato nottetempo, ben nascosti sotto montagne di cose smesse, oggetti preziosi, misteriosamente smarriti, come gli occhiali o la macchina da caffè, la sua piccola napoletana.

«Capace che spreco non so quanto tempo in giro per casa a cercare. Passano i giorni, a volte anche i mesi, poi, una notte, in sogno, la vocina si fa sentire: 'Hai guardato nel ripostiglio, oltre il terzo mucchio di giornali, sotto la scatola dei biscotti Lazzaroni con le fotografie e le lettere, dentro la cassetta degli attrezzi? La cosa che cerchi sta lì.' Io vado e la trovo. Dimmi tu chi ce la può aver messa? Io no di certo, a meno che non sia uscita di senno... E non mi pare proprio!»

«Nonna, ma chi è questa vocina?»

«Sono i miei compagnucci, quelli che mi aiutano, e che ogni tanto si divertono anche...»

«Ma quelli stessi di toccami la gobba?»

«Sì, quelli.»

«Me lo racconti, nonna, il sogno del gobbo?»

«Era appena morto il povero babbo e avevo preso sonno tardi, con tormento. Sento una mano, qua, sulla spalla, e vedo babbo dietro di me in compagnia d'un gobbo. La vocina dice: 'Toccami la gobba, ma toccamela bene.' Io, già nel sogno, mi riprometto di giocarmi i numeri al lotto l'indomani. Ma la mattina dopo, con la tristezza e tutto il daffare, me ne dimentico. Era estate e s'andava a Ostia coi ragazzi. Vado per spogliarmi e, appoggiato alla cabina, incontro un gobbo. Allora di colpo mi torna in mente che devo giocare al lotto. Ma fa caldo, e vado sul bagnasciuga a rinfrescarmi i piedi. Dall'acqua uno dei figli mi tira la palla, io la prendo e gliela rimando indietro. C'è vento contrario e la palla se ne va a finire su uno che fa il morto a galla. L'uomo si solleva, s'avvicina alla riva. È gobbo! Allora svelta, svelta, mi rivesto e corro al botteghino del lotto. Gioco: il giorno della morte di babbo, la sua età, morto che parla, un'altra cosa che non mi ricordo, e gobbo. Il sabato esce l'età di babbo, la data, morto che parla, quell'altra cosa che non mi ricordo, ma non esce gobbo, e faccio solo quaterna. Vado a guardare, e scopro che l'altro numero per la cinquina, corrispondeva a gobba. Non a gobbo. Hai capito?! La vocina mi aveva detto: 'Toccami la gobba, ma toccamela bene!'»

II

Roma, millenovecentotre.

«Babbo, io non esco insieme a voi con quella cappa, sembrate un corvaccio!»

«Ci sto così bene, figlia mia! Se te ne vergogni, tu vai avanti per strada, fai finta di non conoscermi, io ti vengo dietro come un servitorello, non m'offendo, sai.»

È un mattino bianco. Un uomo piccolo con un lungo mantello nero cammina dietro a una bambina dalla testa bionda opaca. È nonna. Avanzano silenziosi, con i passi appaiati a ritmo alterno, lungo il selciato deserto. C'è odore di pane nuovo, e un fragore improvviso di ferraglia rimbomba nella via: si alza la saracinesca della prima bottega. Davanti al portone della scuola elementare, l'uomo rende alla bimba la sua cartella poi si china su di lei per una carezza sul visetto interito. La scuola è ancora deserta, e lei va di filata nella sua classe. Resta lì, buona buona, sistema il fiocco del grembiule, e, guardando in basso, s'avvede di uno schizzo di fango che le imbratta la scarpa. Ci frega sopra con l'indice sputato di saliva. Pensa: «Se il mio babbo non facesse il professore, io avrei modo di dormire un po' più al mattino. Ma no! Noi dobbiamo aprire la scuola, come il bidello...»

Il professore intanto ha raggiunto il liceo dove insegna, a due passi dalla scuola della figlia. Ha sistemato con perizia la mantella su una gruccia, dentro l'armadio, nella sala riservata agli insegnanti. Sta dando un ultimo sguardo ai compiti, già corretti e ricorretti a casa. Li esamina con gioia infantile, mentre si strofina le mani ancora infreddolite. Nella stanza c'è odore di polvere vecchia, di lavagna e gessetti, di quaderni, di ragazzi accaldati. L'odore raffermo di scuola, che cova durante la notte, e la mattina stucca. Va alla finestra, gira il chiavistello pesante e si sporge sul poggiolo a respirare. Sfronza il capo annerito a un avanzo di sigaro e lo accende, facendo capannello con le mani attorno a un fiammifero da cucina. Grandi boccate di fumo invadono la stanza quando si discosta dalla finestra. Canticchia, rimboccando le sedie attorno al tavolo: «Bum bum, bum bum,» felice della giornata che inizia. «Bum bum,» risistemandosi la giacca con piccoli gesti meticolosi. Aspetta l'arrivo dei colleghi. Il privilegio di essere il primo è, per lui, una debolezza, alla quale con il passare degli anni sa rinunciare sempre meno.

La stanza si riempie quasi di colpo, e lui per ogni nuovo arrivato ha un buongiorno diverso, una parola garbata. Al secondo richiamo della campanella si avvia lungo il corridoio insieme alla fiumana degli studenti. Le sue mani salutano le teste rasate con fuggevoli scappellotti. Dietro la cattedra, sopra la predella, la sua statura si fa più maestosa. Sta qualche minuto curvo a scartabellare nella borsa, poi i compiti sfilano fuori in un mucchietto compatto. Nell'aula si fa silenzio. S'aggiusta gli occhiali sul naso e solleva il capo: nei banchi ci sono tutte quelle giovani facce in attesa, ancora impresse dal sonno sciacquato in fretta. Il cuore gli s'apre di gratitudine per tanta trepidazione: «Buongiorno ragazzi. Comodi, comodi.»

Alla fine del mese, il professore consegna lo stipendio intero alla moglie. «Tieni Monda,» dice «pensa tu ai figlioli. Io, per me, non ho bisogno di nulla.» Lei reclama sempre che i soldi sono pochi e li fa sparire in fretta tra le gonne, stizzita. La domenica lui le chiede due soldi per il suo vizio: ciucciarsi quel sigaro, sempre spento nella bocca onde evitare brontolii. Monda è sul balcone a godersi il passeggio. Si sventola seduta, con le gambe allargate sotto la vesta. «Sempre questo sigaro vai cercando, sempre questo sigaro...», e allunga i due soldi al professore.

Monda lascia conti in sospeso dappertutto, e quando si inalbera, accusa la serva di qualche furto domestico: un gioiello lasciato sul trumeau (che invece ha già impegnato), o anche solo una manciata di farina dalla dispensa. Esce con i suoi abiti vivaci e gualciti e col cappello da festa, dove, posato su una falda, c'è un uccello intero intero, pronto ad alzarsi in volo. Va avanti e indietro per il Corso, con una carrozza presa a nolo, le mani in alto per tenersi il morione sulla testa. Una sera ritorna con una collana che costa quanto tutto lo stipendio del professore, e se la rigira intorno al collo. Lui non le dice nulla. La difende sempre, soprattutto davanti alle figlie femmine, che – come nessun altro in famiglia – subiscono le angherie della madre: «Lasciate fare vostra madre, lei sa quello che fa.» Monda è completamente scimunita. Passa le ore davanti allo specchio ammaliata da un particolare del suo volto, che si dilata nella fissità dello sguardo.

All'una il professore torna da scuola, e si siede sulla poltrona a leggere il giornale, mentre la fame gli brontola nello stomaco. Dalla cucina insieme all'acciottolio dei piatti gli arrivano i battibecchi delle figlie.

«Scendi tu a prendere il vino!»

«No! Io sono già scesa due volte, non ho voglia di rifare le scale.»

Lui si alza e va di là a quietarle: «Tutto questo baccano per un fiasco di vino! Ci vado io, che l'aria prima di desinare mi piace, mette appetito. Che c'è di buono

Monda?», e si sporge un pochino sulla soglia ad annusare i vapori.

«Di buono c'è poco e nulla.»

«Bum bum, bum bum,» lui prende il fiasco e va. Nonna gli corre dietro con un pezzo di carta senapata da cucina: «Tenete babbo, incartatelo qui dentro. Non sta bene che un professore vada in giro così, con il fiasco in mano!» Il padre sorride: «Ma che male c'è figlia mia, chi vuoi che badi a me.» Lei insiste, gli si para davanti e non lo lascia passare. È la più grandicella, con tutte le fisime di una femmina, cui si comincia a indovinare il seno sotto gli abiti. Due trecce ben assettate le spaccano a metà la capigliatura, sgombrandole un viso impertinente. Non si dà pace di quel padre professore, così modesto e schivo. Pare lo faccia apposta. Saluta sempre per primo, non solo l'avvocato Minestrini, ma anche il portiere o il fornaio, o chiunque sia! E adesso con quel fiasco in mano! Cosa penserà la gente...

«No babbo, voi così non andate in nessun posto.»

«E chi sarà a impedirmelo? Tu, figliola?»

«Sì, io, proprio.»

Strappa il fiasco dalle mani del padre, lo incarta ben bene e glielo rende. «Bum bum, bum bum,» a un ritmo più sincopato: il professore si gira, fa per andare verso la porta, e, bum!, apre la mano. «Toh che peccato! M'è scivolato il fiasco!» Ormai tra padre e figlia è guerra. «Non fa niente babbo, ce ne sono tanti di fiaschi in cucina! Vado a prenderne un altro.» Anche il secondo fiasco arriva nelle mani del professore camuffato dallo stesso incartamento, e anche questo va a fare compagnia ai cocci dell'altro nell'ingresso di casa, dietro lo scanno e il porta ombrelli. Ne fa secchi dieci, di fiaschi, il professore, con un bel sorriso scanzonato. Nonna, rossa come una mela, si chiude in camera sua. Tra le lame della persiana, tiene d'occhio la strada. Dal portone, prima ancora del padre, spunta l'impagliatura d'un bel fiasco da due litri, il cui vetro verdastro subito s'empie del brillio del sole.

No, i piedi in testa al professore non glieli mette nessuno. Dei suoi sei figli, quattro maschi e due femmine, questa bambina così proterva e ostinata è la sua preferita. Ogni tanto l'asseconda, ma non sempre. Lui governa senza mai guastarsi il buon umore. È un animo appartato, mite ma testardo.

E fu per un puntiglio (per questa sua intransigenza un po' ottusa, ben salda sotto l'apparente tolleranza), che ora si ritrovava a far da professore in un ginnasio statale, da marito a quella moglie di statura maggiorata e senno acquoso, e da padre a un pipinaio pieno di pretese. Quando era giovane, l'unica strada che non portava alla rocca, come tutti i viottoli del suo paese ciociaro, lo condusse in un seminario lontano, a farsi prete. Ore di tedio: le sacre scritture, la dottrina dei padri, San Girolamo, Sant'Agostino, San Bonaventura. Ma anche ore più profane, meravigliose: Orazio, Virgilio, Tacito...

Agli esami finali risultò il migliore, sicché sarebbe spettato a lui il piccolo sussidio in denaro, che ogni anno era assegnato come premio al seminarista più meritevole. Il Rettore lo mandò a chiamare, e con voce suadente, da buon curato, gli comunicò che il premio sarebbe andato a un altro seminarista, a loro «santo giudizio» meno meritevole, ma più bisognoso. Che l'altro fosse davvero così poco abbiente, il professore non lo sapeva; sapeva di se stesso, di suo fratello che faceva il porcaro. L'ingiustizia subita lo rose interiormente. Quelle tonache ben pasciute rivelavano intenti troppo terragni, per essere degne di Gesù Cristo. I ceri, gli incensi, l'ombra ecclesiastica, gli vennero a noia. Spogliò nottetempo la celletta da seminarista, dove aveva studiato con tanto ardore, e se ne tornò al paese. Si ringoiò la vocazione e diede gli esami di stato, diventando professore di belle lettere. Il resto arrivò da sé: l'incontro con Monda, il trasferimento a Roma – dove vinse il concorso –, la nascita dei figli.

Ci pensa, talvolta, quando la sera prima di cena s'attarda sul balcone. Siccome la vita ha camminato così, lui è lì con quel sigaro dolce tra le labbra. Altrimenti lo scorcio di città che intravvede di lassù non sarebbe mai diventato compagno di malinconie vespertine, insieme alla brezza leggera che sempre s'alza a quell'ora, arruffandogli i pochi capelli nel verso dei favoriti, obliqui sul volto. Pensa alle cose che stavano là ad aspettarlo molto tempo prima che lui arrivasse, quando da ragazzo ne ignorava l'esistenza. Pensa al suo braccio sulla ringhiera, come scordato da un altro.

D'estate il professore e la sua famiglia tornano al paese che sta solitario nella calura, schiantato su un cocuzzolo con intorno le valli di spighe tosate, e quelle ocra della terra dopo l'aratura. C'è odore di rovi selvatici e mentuccia, di girasoli e ulivi.

È l'ora della canicola. Il mare con i suoi aliti freschi è lontanissimo; anzi, non sembra nemmeno esistere. L'afa ispessisce l'aria caricandola d'una corposità crassa e lattiginosa. Nonna trascina su per l'erta, il peso di sua sorella, più piccola di età e di corporatura: una sorella poco volitiva, che non la soddisfa affatto. Gli occhi delle bambine s'appannano di vampa, di cerchi evanescenti. Hanno avuto in regalo un soldo a testa. Nonna, il suo, lo ha lasciato scivolare nella bocca sorridente del salvadanaio: alla fine dell'anno avrà sempre una borsetta o un fermacapelli in più della sorella, che la interrogherà stupita, piena di invidia e desiderio. E allora nonna giudiziosa le dirà: «Te lo ricordi quando ci diedero un soldo a testa, e tu subito corresti a spendertelo, che ti bruciava nelle mani?»

S'arrampicano curve – i passi lunghissimi, la fatica tutta su una gamba, poi tutta sull'altra – fino a un arco. Lì c'è una porta con i cardini arrugginiti tenuti da grossi chiodi ribattuti nel legno. È una bottega di spezie, dolciumi, e frutta secca. Dentro, una mostra povera: sacchi di granaglie che pisolano sul pavimento, e pochi dolci pieni di noci e nocciole sotto un panno da cucina. Una vecchia, con tante sottane e i lobi spalancati dai pendenti, fa ciondolare davanti ai musi vigili delle due sorelle un cartoccio pieno pieno, sul piatto nero di una stadera. Più tardi, all'ombra sottile di una gronda, nonna ride e divora frutta secca, comperata con il soldo della sorella più piccola.

Nonna morde anche limoni con tutta la buccia. Il piccolo ventre si tende, duro. Sta ore seduta sulla tazza a riposarsi, non pensa alla cacca che non scende, ma ai fattarelli suoi. Con le chiappe cerchiate di rosso corre dalla madre.

«Mamma, sono tanti giorni che non la faccio. Mi sento che scoppio.»

«Il frutto cade quando è maturo» sentenzia Monda. E poi: «Copriti che sotto ti si vede... Stai attenta a tenerti murata. Ricordati di quella ragazzina che per sbaglio, il rastrello le si infilò dove non doveva e la sfondò...»

Nonna va a spiare tra le frasche i suoi fratelli e i ragazzini del paese che pisciano all'impiedi. Gli invidia la bella spavalderia con cui fanno dell'uccello una fontana, mentre a lei le tocca nascondersi e farsi sgraffiare il culo dalla malerba. Pensa: «Forse c'è un altro peccato originale solo delle femmine, e per questo a noi il pisello non spunta ma rimane dentro ingoiato... e ci sporca.» Quando s'accorge delle prime macchie di sangue sulle mutande, va dalla madre a chiederle lo spirito, per disinfettarsi: «Mi sono ferita...» dice. Monda le allunga un panno senza spiegarle nulla.

Trovare la madre assente, intenta nelle sue pensate, non è cosa nuova: ma al paese i silenzi si prolungano. Qui, nei luoghi della giovinezza, il nitore dei ricordi esplode fino a esulcerarla. Irrompono gli odori antichi – come se le mura fossero spugne golose – fin nella camera dove cerca riparo, stesa sul letto, con le mani sugli occhi. Monda, prima, ha amato qualcuno, che non era il professore, che non era così mite. Lui, il professore, l'ha sposata senza chiederle niente. S'è preso quella donna strampalata, già un po' avanti con gli anni, e tanto più alta di lui. Nonna ha saputo di quell'amore antico della madre, durante la festa patronale che cade a mezzo dell'estate.

È sera. Una musica arriva lontana, ma stordente. Monda con i capelli attorcigliati sulla nuca, umida per il caldo, sta presso la porta di passaggio in fondo a una grande sala. Penetrata dal torpore, schiude le stecche d'avorio del ventaglio per farsi aria con pacatezza. Ha mangiato e bevuto come tutti, ma ora che gli aliti si sono ispessiti, il viavai della gente la immelanconisce. Vorrebbe uscire in giardino a respirare la frescura sotto le chiome del nespolo. Un monumento d'uomo le si avvicina, fin quasi a sfiorarla, proprio nell'attimo in cui lei, con lo sguardo, scavalca le teste per spiare fuori. Quando se ne accorge è già tardi: lui sta piantato lì davanti e non si muove. Dio, la stessa prepotenza di allora, i riccioli neri stirati all'indietro appena spolverati di bianco, attorno al viso reso ancora più forte dal tempo!

«Come state donna Ramonda?» le chiede, guardandola diritto negli occhi, sfrontato. Lei, a differenza di tanti anni prima, non abbassa lo sguardo. Riacchiappa il corpo dalla deliquescenza, e si tende tutta. «Bene, bene» risponde. La voce è una bava uscita da una caverna di rancore. Lo sfida fino a farselo incenerire davanti.

È lui stavolta, prima ancora d'andarsene, a chinare la testa, come cercasse qualcosa. Nonna sorveglia la madre da lontano: il ventaglio le si muove, impazzito, nelle mani, per fiaccare i battiti del cuore assediato dall'astio e dal desiderio antichi.

Spesso all'imbrunire, Monda, infila un usciolo nero, e si chiude in un cicaleccio fitto con l'inquilina nubile della casa. Di tanto in tanto, sorveglia le figlie che ha portato con sé, intente nel vicolo al gioco della campana. Solo quando la signorina tira fuori dalla credenza una bottiglia di rosolio con due piccolissimi bicchieri le bimbe s'affacciano a favorire le ciambelle con i semi d'anice. Le mani della signorina odorano di pasta lievitata: mani d'oro, che in una casa popolosa avrebbero saettato dalla stalla ai fornelli, al cucito. E invece...

In una notte di tanti anni prima, lei cinguettava dal balcone con il suo innamorato giù in strada. Così grande era l'ardore di quel cinguettio, così grande l'amore, che la neve fioccava e loro non se ne avvedevano. Finché all'alba lei gli disse di andare, prima che gli uomini scendessero verso le terre coi muli. Allora lui si accorse di non potersi più muovere: la neve l'aveva coperto. «Non può essere! Non può essere!» ripetevano i due innamorati. Ma lui non riusciva proprio a rigirarsi in quella morsa immacolata, né lei poteva aiutarlo di lassù. Per non lasciarlo morire così – sepolto sotto quel manto – ella dovette invocare aiuto dentro la sua stessa casa, e il padre e i fratelli uscirono a spalare la neve. Poi rientrarono con la vanga sulla groppa, in silenzio. Allora il paese parlò. Dietro gli angoli, nelle case, nelle botteghe, la gente si chiese se in quella notte, o in altre come quella, l'innamorato non fosse salito fin sù, nella camera della sfacciata, fin dentro il suo letto. Tanto fu quel parlare, che per lui anche l'amore si sciolse come neve. E la finestra sul balcone della signorina si richiuse per sempre.

Sorseggiando rosolio, le due amiche ricordano i bei tempi, quando tutto era intatto. E lei che aveva salvato quel galantuomo dalla sua bara di neve, sussurra: «Che amori Ramondina... Che amori...»

Monda, Monda! Quanti ricordi in quel paese tortile ai piedi della rocca... Un tempo era suo e delle sue sorelle, come pure i campi che si versano in basso. Lo stemma gentilizio è ancora là, sul vecchio palazzo di famiglia, a lato della piazza. Ma ormai lei, quando ci passa davanti, non guarda. Segue solo le scanalature tra le pietre del selciato, e fa correre le gambe. Le pare ancora di vederlo sulla terrazza, suo padre, don Sauro Cerquaglia: la fronte increspata tra i sopraccigli folti, un ritaglio d'occhi sotto la foglia delle palpebre, i baffi a torciglione. Era questo il suo modo di guardarlo a distanza, di tollerarlo, il mondo.

Al mattino s'alzava tardi e gli aggradava far colazione all'aperto, con i maritozzi fatti in casa sparsi sulla tovaglia bianca. Già durante quel primo pasto, spetezzando per liberarsi dai gas notturni, teneva d'occhio la bottega di carni dall'altra parte della piazza. Poi spediva la serva, oppure ordinava lui stesso di lassù – cacciandosi due dita in bocca e fischiando forte per far uscire un garzoncello tutto insanguinato – quattro, cinque palmi di bue, teneri: «Solo fin dove la bestia caccia le mosche con la coda!»

Amava la grascia, la tavola imbandita, e gli piaceva sederci da solo. Le sue sette figlie, d'altra parte, non ci tenevano a desinare con lui. Erano tutte «bocche di sciuscella», olivigne magre e indiavolate, una disgrazia che gli era cresciuta in casa. Vedersele ammuffire, ogni giorno un poco di più, era la sua penitenza. Eppure le voleva con sé, in piedi vicino al tavolo, a guardarlo mangiare, a versargli da bere.

Gliene venne a mancare una, la più tenerella, la preferita, e la piangeva forte nella sala da pranzo con le persiane accostate. Le nocche puntute di sua figlia Monda, che gli bussava sulla spalla, interruppero per un attimo quella contrizione sonora: «Babbo, pesce.» Era già apparso sulla soglia un ometto che, circospetto, non s'azzardava a oltrepassarla. «La più buona! La più buona m'ha lasciato!» si disperava don Sauro, scuotendo il capo come un bestione. Intanto l'ometto, tutto compreso del dolore che affliggeva quella casa, spingeva avanti le spasine della sua mercanzia in assoluto silenzio: triglie, saraghi, orate, lucci, con le branchie rosse, spalancate.

Si schiusero appena le mani di don Sauro, dove teneva affondato il grugno madido, e fece cenno alla figlia di portare altrove il suo bacino ossuto, ché gli impediva la visuale. E tra i singulti iniziò la sua ordinazione: «Due spasine di triglie, altrettante di frittura, più l'aggiunta.» Il pescivendolo si dava un gran da fare a spostar casse, e a mandarne avanti altre. «Era la più buona! Era la più buona! Ditemi che non è vero... Ditelo!», pencolava il povero padre, ora di qua, ora di là, verso i parenti accorsi a confortarlo – divenuti assai più sensibili, pregustando le delizie di quel pranzo del consolo. Tutti guardavano il pesce: i dorsi argentei maculati, quelli più scuri e i rosati delle triglie, il ventre bianco, molle. Seguivano, con trepidazione estatica i gesti sicuri del pescivendolo, avendone visti assai pochi in vita loro di tali lucenti animaletti: che il mare da quelle parti non si sapeva nemmeno dove fosse.

Don Sauro rimaneva immobile. Solo nelle sospensioni obbligatorie del pianto (dilatando un po' più del necessario le froge), catturava l'aroma che esalavano le spasine. Commosso, allargava la sua ordinazione: «Cosa sono quelli?... Merluzzetti? E lì dentro che altro hai?» I parenti si rallegravano del suo interessamento, e, dal capannello umano che si era formato attorno al pesce, le voci si sovrapponevano facendo a gara nel dare spiegazioni e consigli. Ma lui inconsolabile faceva tuonare ancora più forte la sua pena: «Era la più buona! Gesù mio perché te la sei ripresa?» E nella stanza si rifaceva silenzio.

Con le spalle libere e le tasche piene, il pescivendolo scese le scale di palazzo Cerquaglia. Mezzogiorno si avvicinava. La giornata era calda. Il ronzio delle mosche s'ispessiva attorno alle spasine. Don Sauro raccolse il suo coraggio, cavò di tasca il fazzoletto e si strofinò il grugno: l'ora del pianto era finita. Lo annunciò con solennità, la testa bassa, i pugni sul tavolo: «Per noi, purtroppo, la vita continua!»

Il fruscio di una gonna attraversò la tranquillità della cucina, che sonnecchiava linda in quel mattino di gramaglie. La serva, accorreva nella sala dal suo padrone, a prendere disposizioni per il pranzo. «Oggi,» cominciò don Sauro, «siccome è un giorno di lutto grande, non voglio carne in tavola, né sugo di lepre, di cui tu odori.» La serva arrossì. «Il pranzo sarà magro come questi pescetti.» L'espressione desolata con cui il padrone indicava «i pescetti» corrispondeva assai poco alla generosità delle spasine, di cui lei subito prese a occuparsi. Se le carreggiava in cucina, gobba sotto il peso, incurante di tutti quegli occhi vetrini che la fissavano dal basso. All'ultimo giro il padrone la richiamò a sé, vicina vicina, per strapazzarla un poco. «La frittura, bella asciutta» le comandò. «E nella zuppa...» tenne la frase in sospeso, invitando la serva a completarla. Ma quella, che aveva paura di dire una scempiaggine, rimase intontonita a guardarlo, finché lui non le fece la grazia: «Lo scorfano. Mi raccomando, lo scorfano! È quello che dà il sapore.»

I beni al sole di don Sauro Cerquaglia non si contavano con gli occhi, neanche dal punto più alto del paese. Per visitarli tutti ci volevano diversi giorni e un mulo da stancare. Di scendere a valle a controllare il suo, lui non ne aveva mai voglia. Restava nella terrazza della reggia, a catturare effluvi: quello del rame fuligginoso, della brace sempre viva sotto la cenere, del fango di stalla portato dalle scarpe dei contadini e piallato per le strade come una corteccia. Effluvi addensati in quell'odore inconfondibile di paese, che per lui significava l'infanzia, e lo faceva sognare.

«Che non senta sbattimenti dalla cucina...» diceva alla serva e alle figlie quando, subito dopo pranzo, andava ad arricrearsi sul letto. Gli stivaletti di cuoio grasso, rinfrescati da una spazzolata, lo aspettavano fuori dalla porta al risveglio. Indossava il suo completo di velluto rasato marrone e usciva per la consueta passeggiata. La tesa ampia del cappello, il pollice infilato nel taschino del panciotto, se ne andava in giro a sfruculiare i gruppetti d'uomini sparsi sulla piazza, poi ordinava un marsalato seduto al tavolo del caffè La Pace.

Quando il denaro liquido cominciava a scarseggiare, e la dispensa non lo accoglieva più con la dovuta grascia, chiamava il fattore. Si lasciava tediare dai resoconti sui poderi: le nuove semine, la mano d'opera da aumentare per la trebbiatura, una bestia che s'era ammalata. Il fattore sapeva il motivo per cui il padrone l'aveva mandato a cercare, ma sperava sempre in un ravvedimento, nel riaffiorare – almeno in parte – dell'assennata parsimonia (fin troppa!) che aveva distinto la famiglia Cerquaglia per intere generazioni. Si conoscevano fin da bambini. Lui, di qualche anno più grande, aveva portato con sé il padroncino a caccia di lucertole, o a spiare il grufolare delle scrofe nella porcilaia. Continuavano a trattarsi con la stessa dimestichezza con la quale gli animali si annusano il culo. Voleva bene a don Sauro e alla terra. L'afflizione per la rovina ormai prossima gli tormentava i sonni, e di giorno lo spingeva a lavorare come un bracciante, a maledire il buio che lo sorprendeva nei campi. Ma la sua fatica ormai era inutile, occorreva un po' di buon senso: proprio quello che faceva difetto a don Sauro.

Infatti eccolo lì: stufo di tutte quelle lagnanze, arrivava al dunque. Voleva solo un consiglio dal fattore: quale pezzo di terra convenisse vendere stavolta – se un frutteto, o uno di quei terreni in salita con gli ulivi spioventi, i cui frutti finivano per la maggior parte a valle, spersi tra i rovi. Il fattore non controbatteva, ma consigli non ne aveva da dargli. Le terre più impervie erano già state vendute. Rimanevano solo terre gerbide, trascurate ma friabili, opime, giardini quasi. Per le quali, così com'erano, si sarebbe ottenuto meno della metà del valore. Non gli restava che prendere congedo e ritirarsi in un lutto privato, feroce, per la perdita di qualcosa che solo lui aveva a cuore.

Don Sauro si liberava del breve senso di colpa facendo un po' di buriana per casa. Poi, a distanza di qualche giorno, veniva chiamato dal notaio di famiglia per la stipula del contratto di vendita. Durante la lettura degli atti (con i dettagli concernenti il numero delle are di terra, la contrada dov'erano locate, i confini naturali di un fiume o di un bosco) gli pareva di star vendendo l'acqua, tutto essendogli ignoto ed estraneo. E doveva trattenersi, per non scoppiare a ridere.

In paese si diceva: «I soldi c'è chi li fa, chi li mantiene, e chi se li gode!» Lui era il rappresentante indiscusso di questa spensierata terza partita, e si godeva appieno l'opulenza accumulata dalla sua schiatta. Le figlie di rimbalzo lo guardavano in tralice: a loro sarebbe toccato riparare i tarli negli addobbi della festa passata e tener vivo almeno un po' d'intonaco. Insieme a Monda che sciacquettava nelle vesti, smagrita da quell'amore grande che se l'era spolpata proprio nelle sue parti migliori, anche le altre sorelle andavano sfiorendo. Uscivano di rado, e si trastullavano in casa fingendosi gran dame, baronesse, contessine, indossando a turno vecchi abiti appartenuti alla madre, di cui erano orfane praticamente da sempre. A mandarle davvero in sollucchero era un cappello, con due grosse bande di velo scarlatto da annodare sotto il mento, per il quale litigavano selvaggiamente. Solo i colpi di batacchio del padre sulla porta della camera dove vivevano recluse, riusciva a zittirle.

Lui considerava tutte le figlie, senza distinzioni, la fonte prima dei suoi malanni. Diceva ch'era l'angustia d'averci quello zitellame sul groppone a opprimerlo con flatulenze intestinali e a sbruciacchiargli lo stomaco. Si trattava invece di coliche dovute agli eccessi alimentari, soprattutto coliche da esubero di cicoria e coratella con il rosolo, di cui era ghiotto. Si stendeva sul letto a contorcersi, spiattellando la linguaccia impaniata davanti agli occhi divinatori delle sue carnefici lungone, che s'intendevano d'erbe, e preparavano il decotto per lenire le fiammate nelle ventresche paterne.

La prima preoccupazione di don Sauro era quella di maritarle, per alleggerirsi e mandarle a pungere qualche altro uomo. Avrebbe dovuto, secondo le regole, sistemare per prima Restituta, la figlia maggiore, che – tenacemente nubile – frenava tutte le altre e i loro pavidi e poco focosi pretendenti. Il padre, era ancora in dubbio se fosse lei la più spigolosa e la più matta – ne era certo solo al mattino, allorché Restituta appariva, così come s'era coricata, coi capelli color miele di timo arrampicati in alto per ricercare chissà quale ondulazione. Di una cosa, invece, era sicuro: che fosse la più vecchia di tutte. Quarant'anni quasi. Deciso a porre fine al supplizio, s'ingegnò e trovò il rimedio. In combutta con l'impiegato comunale, snellì di una decina d'anni i dati anagrafici a Restituta. Nel pieno di questa ritrovata primavera, la allogò in un paese poco distante, con un maresciallo vedovo. Quando il sempliciotto scoperse l'inghippo –

glielo confessò lei stessa sganasciandosi dal ridere –, il matrimonio era già stato celebrato, e gli toccò tenersela.

Il maresciallo, come difetto, aveva solo un po' di vanità pompata dall'uniforme stessa. Per il resto era gioviale e di buon carattere. Si rassegnò presto, anche al fatto che figli dalla stampellona non ne avrebbe avuti. La trattava bene, sperando in un pizzico di riconoscenza. Non grandi cose, solo le premure più ordinarie che una moglie ha per il marito: fargli trovare un boccone da mangiare, sistemargli la giacca sull'attaccapanni in modo che non faccia grinze. Macché! Lei si comportava come una sposina disillusa. Sempre con la faccia appesa, mortifera. Nemmeno si vestiva il giorno, stava chiusa in camera come una verginella, e poi ne usciva cattiva come una satanassa. Al maresciallo ribolliva il sangue per quella mogliera vizza, e se ne lamentava: «Non avete quattrini in famiglia, quell'ingordo di tuo padre s'è mangiato tutto, e a me m'ha buggerato... Bimbina!» Andava a scovarla lì dove s'era nascosta: «Ma il farloccone s'è stufato! Preparati, ché torni al palazzetto!» Bimbina rideva eccitata, battendo le mani. Rideva forte.

Maritatasi la prima delle sorelle Cerquaglia, il professore pensò che fosse venuto il momento di dar voce al suo cuore. Con buona creanza e pieno d'ardore, chiese a don Sauro la mano di sua figlia Ramonda, della quale s'era incapricciato fin dalla prima volta che l'aveva vista. Uscito a passeggio nell'aria fresca della sera, dopo una giornata di studio, la testa gli s'era alleggerita come per incanto alzando gli occhi su una finestra aperta di palazzo Cerquaglia: un cappello con due bande di velo scarlatto attorno al profilo leggiadro di una donna, immobile, forse davanti allo specchio. Proprio in quell'attimo Monda s'era voltata atterrando sullo sconosciuto ammiratore una guardatura fiera, impenetrabile.

Ma don Sauro gli rispose di no, di togliersela dalla testa. Non gliene importava niente che il professore avesse studiato, «Non ci si apparecchia coi libri!» disse. Per lui quel pretendente era figlio di contadini e fratello di un porcaro. Eppure avrebbe fatto bene a chiuderli tutti e due gli occhi, il Cerquaglia. Oltre a quel palazzo non aveva più nulla, Monda era grandicella, senza dote, e chiacchierata. Il professore tante cose non le sapeva, era stato per anni lontano, in seminario. Anche se il paese, ora, faceva a gara per informarlo su quel giovanottone riccioluto, che aveva tolto molti chili di dosso alla più bella delle Cerquaglia. Ma lui evitava i tavoli del caffè La Pace, per non essere tentato d'allungare le orecchie al chiacchiericcio: non era uomo da maldicenze. E, poi, proprio quell'amore andato a male, aveva pervaso Monda di una vaghezza estatica, che non apparteneva a nessun'altra donna. Due cateratte di tristezza dimenticate sugli occhi: ella pareva compassionarlo, il mondo. Per questa distanza lui l'amava.

Lei pure lo volle, con tutta se stessa, quell'uomo istruito, dal sorriso accogliente e dalle mani fini, che non odorava mai di cibo. Gli anni passavano, e Monda ormai s'era fatta i suoi conti, in casa davanti allo specchio, e per le vie del paese, scolpita dagli sguardi delle pettegole.

Scapparono, di notte. Una fuga goffa, molto poco romantica. Correndo lei inciampò nello scialle, e lui le ruzzolò appresso. Fu così che si ritrovarono vicini per la prima volta. Stringendola, il professore s'avvide di quei fianchi troppo alti, bene assettati, da ragazzona stagionata. E Monda gli parve meno eterea. Lei, inavvertitamente, sfiorò la calvizie sudata di lui, e si ritrasse al primo bacio.

Si rifugiarono nel paese vicino, a casa della sorella maggiore maritata con l'imbroglio. Restituta ormai viveva reclusa in un limbo di sognerie. La sua testa si librava leggera, come se fossero piume a svolazzarle nel senno. Aiutata da quelle piume, si disincagliava dal presente, e se ne tornava nella penombra di palazzo Cerquaglia, ai travestimenti con le sorelle, ai giochi evocanti le nobili antenate.

Alla vista di Monda, Restituta pianse. E subito chiese notizie sugli abiti e sul cappello della madre – oggetti che non potevano uscire dal palazzo finché fosse in vita don Sauro. Era felice d'essere lei il rifugio clandestino della sorella. La mattina s'alzava presto per prepararle il battuto con lo zucchero e le uova fresche. «Ramondina! Monduccia!»: la chiamava con tutti i nomignoli dell'infanzia, correndo per casa, leggera come un fazzoletto di batista. A sera diventava una gatta, spiaccicava la testa sul grembo di Monda, e rimaneva lì a ronfare, facendo smorfiaccie audaci alle spalle del marito.

Lui, il maresciallo, non offriva più il sensorio alle mattate della moglie. S'era preso un merlo come compagno, che stava sempre a chiocchiolargli intorno. All'alba, appena aperta la gabbietta, una melodia di fischi, accompagnati da un batter d'ali euforico, rompeva il silenzio: il merlo seguiva il maresciallo che – in canottiera, estate o inverno, con la tazzina fumante del caffè tra le mani – andava a radersi sul balcone. Il petto e le spalle cosparsi di briciole trattenute nel vello, nutriva il pennuto lasciandosi sbeccucciare addosso. Intanto lavorava il sapone da barba in una ciotola. Non appena faceva stridere la lama lungo il cuoio della coramella, apprestandosi all'azione più rischiosa, iniziava a emettere vocalizzi leggeri di riscaldamento, ch'erano un segnale convenuto. Il merlo smetteva di mangiare, e s'accoccolava in alto, sulla testa del padrone. Dal torace del maresciallo, espanso come volesse sgusciare dalla canottiera, tuonavano urla baritonali tremolanti nell'ugola, mentre la giugulare s'inturgidiva di tutto il sangue del corpo. Il moretto alato accompagnava il canto, indirizzando in alto il suo zufolio, e il duetto andava avanti per tutto il tempo della sbarbatura.

Appena l'ultimo bottone era scivolato nell'ultimo alamaro, e all'uniforme mancava solamente il pennacchio della lucerna, il merlo da solo tornava nella gabbia, dove rimaneva tutto il giorno in attesa. Una sera rincasando, mentre attraversava il cortile, il maresciallo non sentì come di consueto i fischi eccitati del suo amico. Corse di sopra allarmato: la gabbia era aperta e il merlo non c'era. Passò tutta la sera alla finestra fischiando sempre lo stesso richiamo, e ogni tanto, per scrupolo, tornava a infilare il naso nella gabbia. C'era solo una piuma nera galleggiante nel beverino.

Non se ne seppe più nulla. Il maresciallo s'ammalò di nostalgia e perse tutto il suo buonumore. «Merlo, merlo mio» si disperava, «io cantavo, tu cantavi... Io fischiavo tu fischiavi. Merlo... Eri la mia sola compagnia... Torna merlo mio... Torna!» Monda era costernata per lo stato del cognato, ma la sorella la rassicurava facendo spallucce: «Non muore, sta tranquilla che non muore...» e allumava il marito, sbattendo gli occhi come due farfalline indifese. Al povero maresciallo un dubbio su Restituta gli venne, perché mentre lei si scagionava così bene con le parole, l'espressione che le rimaneva attagliata sul viso, in certi silenzi minacciosi e rozzi, non l'acquietava affatto.

Era stata proprio lei! Lo confessò alla sorella. Monda, terrorizzata, la scongiurò di tacere per il resto dei suoi giorni. Invece la sventata rideva e dettagliava la sua prodezza, sfidando continuamente l'udito del maresciallo. Raccontava di non averlo mai sopportato quel canterino, d'averci avuto l'acquolina in bocca a lungo, e infine d'esserselo cotto a regola d'arte, nella pentola di terracotta. Ma il merlaccio era rimasto duro, e lei non ce l'aveva fatta a sgargarozzarselo tutto.

Restituta, aveva una testa senza intenzioni, leggera come un avanzo di nido. Poi, proprio in quel periodo, il suo corpo si era stancato di spargere sangue, e il diradarsi dei licenziamenti ovarici le procurava vampe che ne rendevano malefica la svanitezza. Ma il suo misfatto è gemello nella narrazione a un altro ammazzamento commesso da mani femminili. Di nonna, all'epoca, non esisteva nemmeno un'imbastitura, era ancora spersa nel sangue dei suoi genitori fuggiaschi.

III

Nella casa romana del professore, nonna sta apparecchiando la tavola. Oltre il dorso scorticato di quella maledetta seggiola che raschia sempre contro la maniglia della porta – sul balcone – c'è suo padre in attesa della cena. Gli guarda la nuca, dove il tempo lo ha, con gentilezza, ingrassato. Stasera, il pensiero del professore cammina sul filo del tramvai e va lontano, fino alla svolta dopo il crocevia. «Babbo, è pronto,» nonna chiama. Il professore esce dal fondale grigio ostrica del tramonto e rientra nella sala da pranzo.

Il lampadario acceso, spande sulla tovaglia un chiarore che illumina i volti dei suoi figli, tutti già grandi ormai, e quello di sua moglie Monda, invecchiata in una intimità tra loro sempre più amara. Si inizia a mangiare in silenzio, solo nonna perde tempo bisbigliando segreti nell'orecchio della sorella. «Mamma ce n'è dell'altra?» domanda una voce, che fatica nella bocca piena di cibo: è Pilade, il figlio maggiore. La madre aguzza gli occhi: la zuppiera è vuota. Allora, sposta la porzione di pastasciutta quasi intocca di nonna, davanti a Pilade. «Ma io non ho ancora mangiato!» si ribella la figlia. «Ebbè? Ti potevi sbrigare!» Il professore a capotavola posa la forchetta e si alza con il suo piatto in mano, spalanca la porta a vetri e lo butta nel vuoto, oltre la balaustra del balcone. Resta lì fuori intristito, lo sguardo sull'altalena fronzuta degli alberi nel vento della sera. Alcuni spaghetti pencolano sul filo del tramvai. Ci penseranno gli uccelli.

Non ha mai sopportato le iniquità. La predilezione della moglie per i figli maschi, lo riempie di dolore. Ma ormai i moti silenti e dimostrativi di ribellione non lo inorgogliscono più, sente il bisogno di scancellarli presto. C'è un tempo per tutto. Il sigaro gli si è spento tra le dita, o forse ha scordato di accenderlo. L'ha munto senza sentirne il calore, come un pezzo di corteccia. Guarda dentro: non c'è più nessuno, giusto Tomasina, la serva, che sta finendo di sparecchiare e gli sorride attraverso i vetri, quando i loro occhi casualmente si incrociano. La serata si conclude per strada, dove è sceso a raccogliere i cocci del piatto. Curvo sotto gli alberi, tutto il fradicio che è nell'aria gli si ficca nelle ossa.

Poi, anche la figlia prediletta non ebbe più bisogno di lui. Seduto in quella stessa sala da pranzo, il professore disse al giovanotto toscano dallo sguardo sincero che non faceva un grande affare a prendersi nonna per moglie. Era venuto a chiedergliela, vestito da ufficiale. La promessa sposa palpitava fuori dalla stanza. Aveva aspettato quel giorno per quasi dieci anni – tanto era durato il fidanzamento – senza mai perdersi d'animo nonostante il malaugurio di Monda, che, memore del suo zitellaggio paesano, aveva scoraggiato quel lungo, singhiozzante, legame («Una minestra senza sale, una minestra cotta e ricotta... sempre che lui non si stufi.») Ma nonna somigliava al padre, nella struttura ossea della testa e nella zucconaggine. Dai pochi dubbi – che pure aveva – non si lasciava vulnerare, li sfrattava in fretta dal cuore, senza farne confidenza a nessuno.

Gioacchino, il «poromo toscano», l'aveva conosciuto per strada, un sabato pomeriggio d'estate. Era uscita con la sorella e le amiche del cuore, le gemelle Flora e Fiore. Faceva caldo e il desiderio del gelato verso il quale marciavano a braccetto, le aveva spinte ad attraversare villa Celimontana. Nelle mani alte sul seno, nonna stringeva il manico a mezza luna della borsetta, un accessorio di cui andava fierissima, insieme al cappello prugna – indizi commoventi della sua malaccorta femminilità. Ma aveva anche un grande rammarico, che si guardava bene di partecipare alle sue amiche: le gambe nude.

Pareva invece dovesse staccarsi e volare, la farfalla disegnata sulle calze di Fiore, che si controllava continuamente lo stinco avanzando. Era la sola del gruppo a possedere calze di seta, e, nonostante la stagione poco adatta, non le riusciva ancora di smettere quell'eleganza. I tacchetti affondavano nell'erba, e l'andamento incerto delle amiche invogliava l'ilarità tra i giovanotti che, indorati dal sole, passeggiavano avanti e indietro per i viottoli del parco. Senza condiscendenza, le ragazze si offrivano a quell'allegria, con le labbra appena arricciate in un sorriso immoto.

«L'ho acchiappata!», gridò uno zuzzurellone buttandosi ginocchioni davanti a loro, e agitando una mano chiusa dove simulava di imprigionare la farfalla di Fiore. Lei spaventata fece un balzo all'indietro e cadde, portandosi appresso tutta la cordata di femmine. Non era nelle intenzioni del ragazzo spingersi tanto in là. Si scusò e tese la mano a Fiore per aiutarla; ma lei, stizzita, gliela rifiutò, e lì in terra dette sfogo a un pianto sgraziato da ranocchia: le calze si erano rotte!

Alto, estremamente delicato, Gioacchino si girò verso quella frignata. Fino ad allora non s'era accorto di nulla: col temperino stava lavorandosi un bastoncello. Accidentalmente in quel mucchio di ragazze accosciate, i suoi occhi si appoggiarono su una mano che cercava saliva tra le labbra. Non fece altro che seguire questa mano. Nonna s'andò a lenire un graffietto sulla gamba. E lui vide un paio di gambe sparse sul prato, fruste di pane bianco, e caviglie fatte di solo osso, dove s'arrotolavano i calzini lenti di filo bianco. Per tenerezza s'accostò e stette ad aspettarla. Forse avrebbe dovuto andarsene così. Perché quando lei alzò la testa, il poromo capì che dall'intenzione selvatica di quegli occhi non si sarebbe salvato mai più.

Imparò a conoscerne i percorsi giornalieri. L'aspettava a ogni angolo di strada con un pensiero di campo: aquilegie d'ogni colore, o papaveri che vivevano poco, o anche solo ciuffi di lavanda o di finocchio selvatico.

Gioacchino studiava all'università e nonna non gli mise fretta: «Di un ignorante non me ne faccio niente...» diceva. Quando lui partì militare, lo riempì di lettere fitte di speranze e piccoli disegni. Poi scoppiò la prima guerra mondiale, e la distanza divenne dolore. Di notte, sulla branda, al poromo gli scivolava per le tempie qualche lacrima, pensando a quella sua ragazzina indoma che si arricciava i capelli sottili con il ferro bollente, prima di uscire a passeggio con lui. Ce li aveva ancora così, inanellati in pochi boccoloni, i capelli, mentre lui ne aveva già molti meno, nella foto dell'ultimo anno di fidanzamento. Lei è appoggiata di sghembo a una staccionata con un piede girato attorno a una delle traverse di legno. Lui indossa la divisa da ufficiale, e ha il berretto sotto braccio. Doveva esserci il sole, e dovevano averlo in faccia, perché entrambi hanno gli occhi socchiusi.

Il giorno in cui Gioacchino era venuto a chiederla in sposa, quando la porta della sala da pranzo si riaprì, e nonna entrò, il professore interruppe la sua canzonatura, aguzzò lo sguardo in quello dell'ufficialetto, e disse: «Vedrai sarà una buona moglie.» Poi carezzò il capo a quella figlia tiranna, tanto adorata. Attorno al tavolo si brindò col vinsanto, dono del poromo toscano.

Per rispetto alla patria, siccome si era ancora in tempo di guerra, lei rinunciò all'abito bianco. Andò all'altare con le caviglie scoperte, vestita d'un broccato pesante color castagno tempestato di fili dorati (che riutilizzò più tardi per i cuscini del salottino buono). Fecero un rinfresco sobrio e partirono per pochi giorni in viaggio di nozze a Venezia. Nonna, appena scese dal treno e si ritrovò in mezzo a tutta quell'acqua, scoppiò a piangere.

Il poromo era stato assunto come funzionario di banca al Monte dei Paschi di Siena, e andarono a vivere, un piano più sopra, nello stesso palazzo dove lei era cresciuta. I primi tempi a nonna capitava di sbagliare d'uscio, di tramestare in quell'altra serratura finché qualcuno dei suoi, da dentro, non spalancava la porta. Poi s'abituò. Anzi, lo investiva in volata il pianerottolo della sua vecchia casa, per guadagnare sul ritardo che sempre si portava appresso. Tra padre e figlia poté così continuare il rito del «cremino»: uno speciale caffè che il professore preparava apposta per lei, sbattendo a crema con lo zucchero il primissimo butto della caffettiera. Ogni mattina il padre bussava alla porta di sopra, facendo tintinnare il piattino capovolto sulla tazzina, per annunciarle la dolcezza della visita.

Nonna aveva un bacino solido, ben formato, che accolse senza fatica le gravidanze. Ma l'andamento delle sue bisogne femminili la trovava sempre distratta, e anche nello svolgersi di questi gonfiori non concesse a se stessa la minima cautela. S'accorgeva sempre in ritardo d'essere rimasta incinta, perché aveva delle regole saltuarie. Allargava i vestiti, poi si ignorava per i restanti mesi, lamentandosi solo delle vene varicose. Alla rottura delle acque, correva svelta in camera, reggendosi sotto per non partorire all'impiedi, e sgravava senza difficoltà. Così mise al mondo i suoi quattro figli, tutti maschi.

Per lei l'amore era un concedersi frettoloso, un dovere, come preparare il desinare. Ed era stata fortunata, a incontrare il desiderio sommesso e il corpo indulgente (da puttino invecchiato) del marito. L'intimità carnale le si rivelò senza traumi, ed ebbe l'odore della lavanda che dai canterani stipati di corredo profondeva il suo aroma nella stanza nuziale.

Gli anni slittano via, e il letto di ferro battuto è sempre lì, avvolto dalla stessa penombra. Sopra, le loro nudità: sempre meno avvenenti, davvero poco pericolose. Quella mano esangue di bancario, s'avvia su di lei, così poco arrendevole, giù fino al ricciolo murato dell'ombelico, fino al cespuglio che le inghirlanda la vulva. Nonna ha le gambe raccorciate dalla positura, il capo buttato da una parte, celato dai capelli. Lui sopra – con la nuca dura e il dorso spiegato – la cerca maldestramente. Lei si lascia fare, ma quasi subito ritrae le braccia che gli teneva posate sulle spalle. Il poromo è solo. Sente, sotto di sé, quell'ostilità presente e tesa. Vuole fare in fretta per non pensare, e inabissarsi nel turgore che monta dal suo sesso. Si vergogna, non ha più il coraggio di toccarla. Le mani diventano due pugni su cui fare leva. La fruga, senza arti, senza occhi, senza bocca: solo con il bacino. Quando la trova fa l'ultima cosa che vorrebbe farle: male. Penetrarla è un rumore secco (è scalzare una zolla) perché lei è asciutta come il sale. Lui vorrebbe addormentarsi dentro la moglie. Invece, avanti e indietro con quel lembo di corpo a scivolare nell'arsura di lei. Boccheggia sul cuscino, trattiene i gemiti fino alla fine – quando solleva d'istinto il capo e la bacia, mentre un grido afono gli paralizza le ganasce. Così la inonda. Ricade pesante. Un sussulto, poi un colpo di tosse. Intanto cede all'ultima sevizia, bagnandole il collo col sudore che imperla i suoi capelli brizzolati. Mai si guardano. Solo il lampadario dall'alto li vede, piatti, eternamente piatti negli anni, in quell'unica posizione consentita ai loro incontri.

D'abbandono non gli lascia nulla, nemmeno il tempo d'una sigaretta, ma tanto lui non fuma. Si ricompone la sottana che ha tenuto raggomitolata sulla pancia: col calore le grinze del tessuto hanno sfregiato entrambi i ventri. E anche stavolta non gli ha mostrato il seno. Gli dà le spalle, seduta sulla sponda del letto a cercare con i piedi le pantofole. S'allontana alla svelta, sulle gambe formicolanti, atrofiche per quell'addentramento. Va in bagno, tirandosi dietro la vestaglia, incespica nelle maniche e le maledice. Accovacciata nell'oscurità sul catino di zinco, l'acqua ghiaccia nella conca delle mani: si sciacqua. Poi torna a letto, muta.

Lui, ormai, è solo il dorso rassicurante che riempie il pigiama. Domani s'alzerà alle sei per andare in banca. Nonna gli avrà preparato caffelatte e pane per la zuppa.

Al piano di sotto, lo sguardo di Monda si fessurò sempre più, fino alla cecità. Non fu lei a dirlo. Se ne accorse il professore – e prima di lui Tomasina, la serva, ma se lo tenne per sé – vedendola piena di lividi, che andava sbattendo dappertutto. Smise di contemplarsi nello specchio. Chiedeva d'essere accompagnata alla finestra e il suo sguardo sfondato la conduceva chissà dove, indietro nei vicoli della memoria. Fino al sapore della bocca del suo amore riccioluto, fino a Restituta morta assalita da un tacchino. Cantilenava filastrocche in dialetto, pianissimo, per farsi compagnia. «Domani vai a comperarmi del velo scarlatto...» disse a Tomasina. Quella notte passò dal sonno alla morte, senza preavviso.

Il professore andò in pensione. L'ultimo giorno, nel liceo dove aveva insegnato per quarant'anni, fu organizzata una festicciola in suo onore, alla quale parteciparono anche i vecchi allievi. Prima di salutarlo, i suoi studenti lo attorniarono con una scalmanata inesausta di battiti di mani e «Hip, hip, urrà!» L'interna commozione straripò sul viso del professore, che nascose gli occhi e le guance con le mani, come un bambino.

Adesso, la sera, saliva al piano di sopra a fare il balio, l'incantatore di fanciulli. Portava con sé nelle saccocce bozzolute quattro grosse arance di Sicilia, una per ogni nipote. Dopo aver divorato la polpa, loro si spruzzavano da un letto all'altro con le scorze sugose. Il professore inalava quel profumo agretto, che nel naso diventava un pizzicore. Raccontava storie reinventate lì per lì, sul canovaccio di qualche nebbia dell'infanzia. Per sua fortuna il momento d'annodare assieme tutti i fili immaginifici, sparsi dalla sua voce nella stanza insonnolita, non veniva mai. Le storie proseguivano, trasmutate lungo sentieri fantastici, nei sogni dei nipoti. Vedendoli dormire, il professore si spostava appena fuori dalla stanza, in corridoio, e s'accendeva il sigaro. La scaglia di brace, attizzata dal respiro, diventava l'unica luce della notte: un faro rasserenante per quei sonni, che a tratti s'alleggerivano sul cuscino.

Talvolta, anche durante il giorno saliva nella casa tribolata della figlia. Sempre meno di quello che avrebbe voluto, perché temeva d'essere d'impiccio, conoscendo il modo temerario e convulso che lei aveva di muoversi nelle stanze arruffate, sempre all'ultima ora, con una spalla ancora dentro il paltò e uno straccio da spolvero già infilato nel giro vita della gonna. Spesso – nonostante che la campana della chiesa vicina avesse già scandito la mezza giornata – la figlia non era ancora in casa. Veniva ad aprirgli un nipotino randagio e il professore s'aggirava trepido e discreto, parlottando con lui. Si schiacciava in un angolo della cucina, come il meno familiare degli ospiti, abbandonando sul tavolo, piccoli doni che aveva portato con sé per giustificare la visita. «Bum bum, bum bum,» cantarellava.

Lei rientrava – appena un quarto d'ora prima del marito – accaldata, con le gambe doloranti per le rincorse al filobus sempre sul punto di partire. Non c'era tempo per i saluti. Nella casa s'avvicendavano gli scampanellii: i bambini che tornavano da scuola, la serva che le era andata incontro fermandosi a cianciare per strada, e si beccava da nonna una bella manata, passandole accanto. Le sporte rimanevano all'ingresso, o sui ripiani in cucina, spaparanzate tra le vettovaglie. Altre cartate più misteriose correva a nasconderle alla svelta nell'armadio, sotto la biancheria. Poi via, ai fornelli, col cappello ancora in testa: pietanze bruciacchiate, piene di odori anneriti.

Il padre non metteva bocca nelle faccende della figlia, mai che facesse un appunto, anche solo un gesto di diniego. Anzi, la guardava incantato, e con la mente si risfogliava l'album di famiglia. Lei gli pareva congestionata da un assortimento di somiglianze. «Voltati un po'» le diceva. «Ecco! Ecco a chi somigli! Somigli a...» In quei frangenti, nonna non aveva certo il tempo di dare retta al padre. S'aggirava, funambola nel suo caos, con le labbra mosse continuamente da rimbrotti appena sussurrati – come un rosario stretto tra i denti. «Non ti do incomodo per caso, figlia mia?», si preoccupava lui, guardando quella bocca tormentata. «Ma che dite babbo! Che dite!» Cercava sempre d'aiutarla, per quello che poteva. Asciugava una zuppiera, infilava le mani nei cartocci. Se trovava piselli, si metteva a sbaccellarli come una femmina, con un canovaccio sui pantaloni. Oppure le teneva alla larga i ragazzini, offrendo le gambe come la groppa di un cavallo: «Trucci trucci cavallucci sento odor di cristianucci...» Starsene in quella baraonda era una gioia per il professore: di pace a casa sua ce ne aveva fin troppa. Solo incontrando gli occhi del poromo toscano, che insieme all'odore di incartamenti bancari, esalato dalla giacca grigio scuro – tristo intonaco assottigliatosi nel tempo come lisca di pesce –, portava in casa anche l'alito della fame, il padre si sentiva in colpa a causa della figlia. Chiedeva al genero notizie sull'andamento della borsa o sulle quotazioni di alcune monete estere, tanto per contraffare quel clima manicomiale, smesso di colpo non appena il poromo aveva girato la chiave nella toppa, ma ancora percepibile come elettricità spersa nell'aria. Gioacchino dava un bacio alla moglie e le sfilava il cappello, prima che lei si sedesse a tavola.

Dopo pranzo, finito il riassetto, il professore tornava in cucina nel suo angoletto preferito, sulla sedia sgangherata, dove chiudeva gli occhi. Era lì che avrebbe voluto rimanere per sempre, al buio, non visto, come uno spettatore a teatro. A volte, nella consueta filatera di preghiere a salvaguardia di tutti, chiedeva al Padreterno una piccola proroga terrena, giusto per rimanere ancora un poco su quella sedia a imbeversi della vita dei suoi cari. Pesando solo con il sorriso. Al pari d'una vecchia bestiola domestica attorcigliata per terra, che, in luogo delle antiche feste, ormai, appena scuote la coda. Non avrebbe più goduto della girandola di tavole apparecchiate e sparecchiate, di mocciconi al naso, di risate, di alterchi, e dell'odore di lei, della figlia: la pelle gli indumenti e l'ansietà, tutto insieme. Una scia che la svelava ovunque nella casa. Solo per questo gli dispiaceva d'andarsene. Inavvertitamente batteva il capo contro il muro, scosso da un pianto costipato nel petto, e di colpo si ridestava, infreddolito, pieno di paura, dubbioso di trovarsi ancora su questa terra. Trasecolato, scorgeva i gigli di Firenze sulle maioliche, e lasciava scivolare le mani per accertarsi che la paglia della sedia fosse ancora al suo posto, sotto di lui – gli occhi castani pieni di lustrore, due nocelle infradiciate dalla pioggia. Si commuoveva di se stesso, proprio come i vecchi.

L'ora non era più dopo pranzo, né pomeriggio ancora: un'ora desolata di cui era complice il silenzio della casa.

Il professore s'alzava e andava, così com'era venuto. Senza un fruscio. Tenendosi stretto al corrimano sul pianerottolo, infilava la testa nella tromba delle scale esplorando le altre rampe, e l'andito in basso dove riecheggiava la strada. Sì, adesso tutto avrebbe continuato a essere identico, anche senza di lui. Nella vita era stato spesso assediato dal timore di non arrivare in fondo al suo dovere, ma ormai aveva guadato il fiume. Poteva sedersi sull'argine, con i calzoni bagnati e rimboccati malamente, a cincischiare nell'acqua, tra i ciottoli screziati d'argento sotto il riverbero del sole. Sul viso affiorava un minuscolo sorriso, subito attratto dal garbo di se stesso.

Ora che non lasciava orfani, morire, non gli sembrava gran cosa. Era felice di trovarsi in quella età poco meritevole d'attenzione, dove la morte arriva senza clangore, neghittosa, come una formichella nerovestita che t'entra nella bocca mentre riposi rivolto allo stellato, gravido dopo una festa campagnola.

Ammalatosi, il suo più che un desiderio, fu una volontà intrepida da cui nessuno riuscì a dissuaderlo: le iniezioni gliele avrebbe fatte la figlia. E lei non si tirò indietro. Prese un cuscino tra le cosce e vi affondò l'ago più volte, ricordandosi di quando con uno stecco infilzava le pizze per saggiarne la cottura. «Babbo voltatevi» disse. Vide un culone rosato, pallidissimo, con dentro una punta di giallo, lo stesso colore guasto di certe bambole di coccio, e affondò l'ago.

Quando successe, in casa non c'era nessuno. Tomasina aggrappò le mani, rose dalla liscivia, sulla ringhiera, davanti all'uscio lasciato aperto. «S'è mortu! S'è mortu!», gridò verso l'alto, nella tromba delle scale. Nonna era come al solito in giro a combinare qualche mercanteria. Glielo disse una coinquilina incontrandola per caso: «Vai su, che tuo padre se n'è andato.» Il professore era sul letto, già diaccio, composto, e cambiato d'abito. Nel pianerottolo s'accalcava una folla silenziosa, gente che gli voleva bene salita dalla strada.

Il bambino s'è lasciato portare via dal sogno, come su un sandolino a Ostia, quando il mare è una piatta. È bagnato di sudore nell'estuario dei capelli, fin dentro la buchetta della nuca. Vede se stesso e il nonno da molto lontano: due sagome nere, contro il cielo bianco, sbranato di luce calcinosa. Il sogno è tutto qui: questo cammino infinito, mano nella mano. Forse è domenica, e vanno insieme a mangiare il maritozzo spaccato al centro con la panna.

Per Vittorio, mio padre, il nonno rimase il più dolce ricordo dell'infanzia. Terzo figlio di nonna, lui, era un bambino gracile: boccoli dorati, spartiti dalla scriminatura, e la molletta di lato sulla testa, perché la madre lo pettinava a femmina. Ciondolava nel corridoio di casa con lo sguardo che si fermava ora sulle mutande della serva, ora sulla cartella nera di quel padre poromo, ora sul broncio distratto di sua madre. Dei suoi tre fratelli, due rientravano nella categoria dei grandi, e avevano privilegi e mondi loro. A lui, per compagnia, non rimaneva che il più piccolo, Paolo. Giocavano insieme, andavano a scuola insieme, e insieme s'ammalarono di tifo. Lo presero bevendo il latte, perché – si disse –, come tante Poppee, le lavoranti della centrale ci facevano il bagno dentro per avere la pelle morbida e bianca. A quel tempo, contro il tifo, unico rimedio era il digiuno assoluto.

Una sera, dopo aver sofferto dal suo letto i profumi di una cena inusitatamente ricca, Vittorio si pizzicò le gambe per tenersi sveglio, poi scivolò fuori dalla sua stanza nella casa addormentata. In cucina, dorso contro il marmo del tavolo, divorò in preda al batticuore gli avanzi che la madre aveva lasciato coperti nei piatti di coccio pesante. Il giorno dopo sul suo muso emaciato comparve un lieve rossore che lo riportò alla vita. Continuò a uscire di nascosto quasi ogni notte e quelle pappate lo salvarono. Il fratello, invece, non aveva la forza per mangiare, e un mattino non se lo ritrovò più accanto. Gli dissero che l'avevano portato all'ospedale, ma intanto Vittorio spiava dalla fenditura della porta i continui passaggi della madre vestita di nero e un insolito viavai di gente e di cappotti, che rimanevano solo per pochi minuti appesi all'attaccapanni. Una notte, durante una delle sue incursioni, scoprì sulla consolle, accanto al ritratto del nonno e di qualche altro defunto, anche una foto del fratello. Dentro la cornice in filigrana d'argento, Paolo aveva un'espressione ebete, tutto ritoccato con colori pastello: rosa pallido alle gote, paglierino tra i capelli, fioccone celeste e nero lavagna sul grembiule. Dal pavimento, attraverso i piedi nudi, il freddo gli salì fino alle spalle. Si strinse nel pigiama e corse a letto.

Guarì, e un mattino assolato lo portarono al parco di Traiano, per riabituarlo a camminare. Appena lo lasciarono, così molle e scheletrito, cadde. Rimase schiacciato con la bocca aperta sulla terra. Pensò che mai più avrebbe attraversato il prato fino alla pozza delle anatre. Ricordò le corse, in quello stesso luogo, con un'altra mano dentro la sua e capì che il fratello era morto. Nella stanza restò solo, insieme a pochi giocattoli sconocchiati: un treno di legno con l'anima di spago sporco, una bambola dimenticata in casa da una cugina, la scatola delle costruzioni. Seduto in terra, guardava quegli oggetti, senza toccarli.

Poi, un giorno, la madre tornò dalla spesa con un coniglio piccolissimo, per crescerlo sul balcone. Le novità, in famiglia, erano così rare, che subito si fece capannello intorno al tavolo dove la bestia, slittando sul marmo, cercava un punto di fuga. I fratelli grandi gli alzarono il batuffolo della coda per studiare l'orifizio, poi risero su quei denti «proprio da coniglio!» Nonna stessa sorrise, dopo aver fatto un saltello per lo spavento, quando il coniglio le si intrufolò tra le gambe a cercare riparo.

Smessa la curiosità, nessuno ci badò più. Non lui. Gli dette un nome, e gli mise un nastro attorno al collo. Se lo portava in camera, lo pettinava con la spazzola dei panni, lo carezzava per ore, incantato dai vortici del pelo morbido. A sera la madre s'affacciava sulla porta, e lui nascondeva il coniglio sotto le coperte.

«Hai detto la preghiera per tuo fratello?» chiedeva.

«Sì mamma l'ho detta.»

Il coniglio rimaneva immobile come sentisse l'ostilità di quella voce femminile. Mentre i passi s'allontanavano lungo il corridoio, lui stringeva forte a sé la bestiola bagnandone la pelliccia di lacrime. Quando rientrava da scuola, lo chiamava, già dalla soglia di casa. E quello correva, alzava le zampette, zigava, arricciava il naso quasi a volergli sorridere.

La madre si sveglia possente, forte di vigore e risolutezza virile, intrappolata in quei confini femminili così angusti per lei. Senza calze, s'infila una vestaglia già afrosa. Neppure un passaggio in bagno a sciacquarsi viso e ascelle: diritta nella camera dei ragazzi. Spalanca le finestre, con loro ancora a letto, annientando in un attimo il tepore raccolto nella notte e la possibilità d'un risveglio mite. Rinvigorita dal gelo, via, all'opera... «La rigiro da sotto a sopra, oggi. La disfo.» Parla della casa, divorandosela con le mani. Curva, indifferente alla buriana di correnti che le mulinano attorno, infreddandole le reni sudate. Battere i tappeti, rivoltare i materassi, l'ammollo dei panni nel catino di zinco, e sempre dietro

Marietta, la nuova serva bambina un po' tocca, coi nodi scuri delle ginocchia fuori dalla vesta corta. Il conigliaccio spaventato dal bailamme, ha avuto bene l'accortezza di squagliarsela. Ma non basta... Ha lasciato tracce dappertutto: ciuffi di pelo, avanzi di carota sotto il letto del figlio, e, tra i vasi in balcone, tanti sassolini neri e lucidi. Lei si ricorda anche del solletico tra le gambe mentre cucina, che quello viene a rianimarsi al caldo dei fornelli. Bisogna cercarlo! Guarda guarda, nemmeno a farlo apposta, dove lo scova... Nella camera matrimoniale. Non lo vede subito. Va spedita verso la finestra, e solo al ritorno i suoi occhi girovaghi si fermano su quelle zampette accostate. Ed è una risata interiore, profonda: «Ah... sotto la mia toletta ti sei ficcato! Sotto la mia toletta... Pussa via... Sciò, sciò...»

E giù! Una botta con lo scopettone per stanarlo, ma il coniglio s'appiattisce contro il muro. Allora – briccona – corre a richiudere la porta e si butta giù per terra. Mena l'asta dello scopettone sotto il mobile alla cieca, come in una mattanza! Facendo un baccano infernale.

«Dove scappi ora, eh?! Dove scappi?...»

Eccolo, guizza fuori all'improvviso. Via, addosso, per placcarlo sul tappeto, senza nemmeno mollare lo scopettone, portandoselo appresso, e facendosi male. Con il dolore la rabbia cresce, trova movente. Donna e coniglio sono a terra, con i cuori pulsanti, e lo scopettone in mezzo. Le mani serrano la cartilagine vellutata delle lunghe orecchie.

Quello che succede sul tavolo, in cucina, non lo so. Non lo voglio sapere. Nelle spalle di lei c'è solo un sussulto...

La gallina bisogna tenersela in grembo un bel po' per spennarla, e non manca il caso che ancora scacacchi. Va prima sbollentata, ammorbidita, ma si fatica sempre sulle ali e sul ricciolo grasso del didietro. Il coniglio invece è una meraviglia. Si scuoia d'una sola stratta verso il basso.

La pelle viene via come un guanto. Neppure sanguina se si sta attenti a non slabbrare la membrana che inguaina la carne. Non lascia penne a svolazzare, e del cappotto ci si disfa nella spazzatura. Mentre gli infila il rosmarino nella pancia si giustifica borbottando tra sé: «L'ho comprato per mangiarlo, e va mangiato! Sennò si fa duro...» Poi la furia si placa, e apparecchia il marmo nudo senza il minimo rimorso.

Il figlio rientra e il coniglio non gli viene incontro. Lo cerca sotto il letto, nell'armadio, sul balcone. Va in cucina dalla madre: c'è odore d'arrosto. Lei sta tagliando il pane, senza prudenza mena la mano verso il seno con un viso strano.

«Non lo so dov'è il coniglio,» dice «sarà scappato. Meglio così. Lasciava il pelo dappertutto. Le bestie in casa non si possono tenere... Vai a lavarti le mani.»

Lui vorrebbe strapparle il coltello dalle mani e sgozzarsi lì davanti a lei, per farle capire quello che prova. Invece la guarda. Guarda il buzzo di sua madre dove si posano le briciole del pane con gli occhi di un bambino, al quale per la seconda volta è stato ucciso il fratello. Si lava le mani, prende posto a tavola insieme agli altri, spiega il tovagliolo e se lo appunta lentamente al colletto inamidato. La madre ferma sul piatto di portata, in un banchetto degno dei figli di Atreo, serve la sua vittima a pranzo, e di nuovo torna a scaldarla per la cena.

Questa d'accoppare l'animale, fu una voluttà che l'assalì improvvisa. Non era così spietata da voler scientemente privare il figlio del suo unico amico. Nemmeno se n'era accorta di quel legame così esclusivo, le era sfuggito il gioco del rimpiazzo. Semplicemente la infastidivano le ore clandestine di svago che il coniglio regalava al bambino. Attraverso quei giochi, le sembrava che lui si sottraesse alla vita-castigo cui lei lo aveva consegnato. Non poteva sfuggire dei suoi figli, proprio lui, il più fantasioso (e sempre gli sbatteva uno scappellotto sulla nuca quando lo trovava intontonito su chissà quale fesseria), alla condanna dello star-su-questa-terra-a-tribolare, che a lei era stata inferta dalla natura stessa, per quella cicala muta che aveva tra le cosce.

Più avanti, nel corso della vita, la sentì tutta l'estraneità di questo figlio. Anche nei momenti più commossi e appassionati (che non mancarono) Vittorio guardò la madre come una creatura nella quale erano racchiusi una mente e un cuore difformi dai suoi. Quando gli anni levigarono la distanza, e madre e figlio divennero più simili tra loro (compattati nel corpo alla stessa maniera), condivisero soltanto lunghe ore in silenzio davanti al televisore, le volte che lui, la sera, passava a salutarla. Sempre lo stesso saluto: quel bacio simulato, senza labbra, e un breve gesto del capo: «Ciao, mammì.»

IV

La baldanza di certi visi coriacei, scolpiti con pochi tratti d'inchiostro, che guardano chissà dove, oltre il margine della cartolina. E quegli altri soldatini a tinte cariche con un bel sol levante (una raggiera di barbagli arancio) dietro i torsi nerboruti. Così, i giovani italiani, venivano ritratti dall'iconografia fascista. E i figli di nonna collezionavano quelle cartoline, custodendole sotto il letto nella scatola di latta assieme alle fionde e alle biglie. Erano fringuelli ancora tutti da casa, da tepore, la nuca rasata nei colletti di bucato. Ci provavano a fare i gradassi, davanti allo specchio: coltelli zigrinati da cucina, o un righello, infilati in vita nell'elastico delle braghe. I calzoni del pigiama dentro i calzettoni, per farli a sbuffo come quelli dei gerarchi. Poi l'arma passava in bocca, stretta tra i denti, i muscoli si tendevano, e i ragazzi scivolavano carponi nella stanza, alla ricerca dell'abissino.

Quando venne la guerra, i due più grandi partirono da figli assennati, senza troppi languori per la vita che lasciavano. Scomparirono fischiettando in fondo alla strada dei platani, rilucenti e ignari come i soldati delle loro cartoline. Nonna preparò i pacchi con la biancheria di lana, e cucì nella fodera delle uniformi, qualche soldo che aveva messo da parte. Non pianse. Solo dopo, quando tornò nella camera dei figli per piegare i materassi sulle reti, il suo dolore fu vivo nella casa spopolata. Si internò in un mutismo luttuoso, escludendo il marito e il figlio più piccolo dalle proprie emozioni. Divenne torpida, afflitta dalla veduta domestica come una stanca passeggera. Poi, con l'arrivo delle prime lettere, si rassegnò a vivere in una sorta di normalità mutilata. Piazzò la radio sulla credenza in soggiorno, e quella graticola beigiolina divenne il suo tramite con i figli. Indugiava più di quanto avesse mai fatto in casa, e nelle ore domestiche per lei inconsuete dovette cercarsi nuove occupazioni. Si ridusse a lavorare con i ferri per fare maglioni da spedire ai figli. Solo da incinta, e durante il puerperio, le erano venute simili voglie: folate di femminilità spazzate via in fretta.

Con il coprifuoco le tornò il desiderio di uscire. Lavorava in un comitato per senzatetto e orfani. Parlava con i gerarchi, coi preti, raccoglieva abiti smessi, e si incontrava con le altre madri per consolarle. Queste si abbarbicavano a lei, come a una pianta secolare, lasciandole infauste bave addosso, che nonna non schifava: confusa con quella degli altri, la sua pena le pareva più tollerabile. Intanto, era molto dimagrita. Pativa la fame, l'insonnia, e se ne vergognava. Migrava verso altri quartieri, a barattare mucchi di giornali e vuoti di bottiglie per un po' di cibo. Le donne che incontrava – con la sacchetta da racimolo sempre pronta nelle mani – erano tutte più o meno del suo stampo: disperazioni ambulanti dagli occhi bassi e famelici. Ratti in fuga rasenti i muri.

Continuava ad affrontare la miseria delle proprie giornate con l'orgoglio di sempre. Ma c'erano mattine in cui, scansando la tendina di percalle per vedere il deserto nelle strade, le pareva di non farcela ad andare avanti. Con il cappello già in testa – e sotto la falda il viso sciupato –, s'abbatteva intontonita su una sedia a percorrere con lo sguardo il nerume tra le mattonelle, che non puliva chissà da quanto, e non le riusciva di fare il primo passo per cominciare la fatica.

Sotto le ascelle, tra i fiori stinti della vestaglia, s'allargarono due rose di sudore. Era tornata l'estate, senza che lei se ne accorgesse. Il 25 luglio, dalla graticola beigiolina, la radio annunciò la caduta di Mussolini. Dalla strada echeggiava la gioia degli altri. Quanti altri! Così tanti? Disfattisti. E dov'erano prima? Le era sempre parso un consenso unanime, senza screziature. Dove stavano imboscati tutti questi sovversivi? «Poveri noi, poveri noi...» mugolava, oppressa in un angolo, la faccia macerata di sudore e lacrime. Anche gli occhi nocciola del poromo toscano vagolavano tiepidi e bagnaticci: «Che ne sarà di noi? E i ragazzi? Che ne sarà dei ragazzi? Per chi combatteranno?»

Poi il pensiero di entrambi andò al figlio più piccolo. Cosa gli avrebbero raccontato adesso? Che stavano dalla parte sconcia? Era finito il tempo dei boccoli dorati. Vittorio aveva sedici anni, una testa nera, arruffata, due occhi inquieti, strappati alle orbite della madre. Lui s'aspettava dai genitori un gesto risolutivo. Ma loro sfuggivano la richiesta di quello sguardo, cercando di indurlo alla pena: invecchiati da un giorno all'altro, chiedevano solo d'essere lasciati in pace. Intanto, il figlio, sprofondava in un abisso di orfanità: il Duce arrestato, e lui diguazzava nella merda che suo padre, onesto cittadino monarchico e fascista, si stava facendo nei calzoni. Era la paura annasata in casa a fargli schifo, non le grida di gioia che arrivavano da fuori. Anzi, un'occhiata alle finestre, ed era giù nella strada. Le voleva tutte per sé le ingiurie della gente lì sotto.

In quell'estate, il figlio si allontanò definitivamente da loro. Stava sempre in giro, e a casa viveva asserragliato dietro la propria ombrosità, che divenuta adulta s'era fatta minacciosa. La sera, non appena girava la chiave nella toppa – e ad accoglierlo era il lezzo stantio di quei due vecchi attorno alla tavola – aveva voglia di ributtarsi giù nelle scale e non tornare mai più. Gli sembrava che fossero lì ad aspettarlo per spiare le sue intenzioni in silenzio, mentre tiravano su la minestra dal cucchiaio.

Nonna sparecchiava seguendo i propri gesti con una fissità dolente, da cui nulla poteva distrarla. I capelli ingrigiti, le scendevano sul viso. Nei piatti, la solita brodaglia lasciava sempre lo stesso alone di grassume. Li dimenticava nell'acquaio e andava a coricarsi. Nemmeno si spogliava. S'appoggiava sul letto e i seni svuotati le ricadevano su un fianco. Si stringeva a sé. Quello era il suo corpo e non sapeva che farsene. Accanto, un altro sonno simulato: quello del poromo toscano. Anche nel mezzo della notte, senza accorgersene, lei si tirava su, e rimaneva seduta sul letto a pensare. Il marito non ce la faceva a lasciarla sola.

«Cara... Non dormi?»

«Sì, sì, dormo dormo...»

Non ne parlavano, ne avevano parlato fin troppo. S'erano impietositi di se stessi, delle loro povere congetture. Condividevano il senso di colpa, e poco alla volta avevano scelto il silenzio, rotto soltanto dal breviloquio delle piccole banalità quotidiane.

Dopo l'8 settembre Vittorio si presentò al comando tedesco, insieme a un gruppetto raccogliticcio di ragazzi, tutti intorno ai sedici anni. Parlò con la voce ferma e perentoria, che precede il pianto e lo trattiene. «Noi vogliamo combattere,» disse. Un colonnello li guardò stupefatto: ormai s'erano tutti imboscati, e neppure lui sapeva più cosa farsene della divisa che indossava. Si commosse dell'ardore di quei pischelli. Gli disse di andare al nord, gli indicò il treno che ce li avrebbe portati.

Così, con voluttà suicida, Vittorio rincorse la guerra, e

l'acchiappò su quel treno. La guerra che era già frattaglia, la guerra sconocchiata del finale, fatta di sbandati, disadorna di qualsiasi decoro, latrina della storia moderna.

Nonna non si arrese. Il velo rosato dell'alba la colse dentro un brevissimo sonno (le parve un soffio!), il viso affondato sullo scrittoio in camera del figlio, dove l'aveva atteso fin dalla sera avanti. S'alzò con la faccia marcata da quel guanciale nodoso, e camminò tutto il giorno, alla ricerca di lui, senza afflosciarsi una sola volta. Da un posto all'altro della città, da una frotta di ragazzi, alla fessura guardinga di un uscio. Riuscì a sapere da dove, nella notte, il treno sarebbe partito, e corse là per riacchiapparselo, quell'ultimo figlio. «Lo riporto a casa con me, stai tranquillo» disse al poromo toscano.

Si avviò assieme a un'altra madre, con il fazzoletto in testa e la cesta vuota, come due che andassero in campagna a prendere un po' di verdura, delle uova. Lungo il cammino, la donna le disse del suo unico figlio, mostrò anche una foto: d'estate, in costume bracaloni, due gambette grigie e un sorriso assolato, sulla spiaggia a Roseto degli Abruzzi. Poi si fermò, come se solo in quell'attimo – a rivederselo bambino, con il sorriso nel quale aveva stinto un po' di se stessa – ne avesse avuta la certezza: «No. Il mio non torna, signora. Il mio no...» disse. Le tremavano le mani avvolgendo la fotografia in un pezzo ingiallito di carta velina.

Nonna venne a saperlo solo dopo la fine della guerra. Una conoscente le raccontò che quella madre, da allora, non era più uscita: «A casa, povera donna, ha fatto come un altare. Nemmeno il corpo, le hanno restituito. Non se n'è saputo più nulla.» E lei andò a trovarla. L'amica di una notte la portò in camera del figlio, e seduta sul letto le prese una mano: «Che le dicevo signora?» mormorò, inebriata dalla sua divinazione. «Una madre le sa certe cose, una madre le sente...»

Quella notte, la madre presaga, in un lampo, inghiottita dal suo utero, decifrava nel fondo i geroglifici mai scancellati della maternità, dove una croce nera deve per forza esserci. Ma non così precoce! Perché così precoce?

Arrivarono. Nemmeno un lume, giusto la luna che rimbalzava qua e là con un bagliore livido sulla lamiera dei convogli. Era in campagna, appena fuori dalla piccola stazione devastata dalle bombe. Si persero, inghiottite dai vapori notturni, tra binari divelti e pezzi morti di treno. Nonna s'incamminò accanto alle sagome scure dei convogli, bussando contro i fianchi sbarrati, e chiamando piano il figlio. Dall'interno le tornava solo l'eco metallica dei suoi colpi.

Sentì un bisbiglio, un brulicare sommesso di fiati proveniente da un altro binario. In fretta attraversò un deposito di locomotive. Il trapestio si irrobustì e scorse il treno: il solo che palpitasse in quello scalo cimiteriale. S'aggrappò alla maniglia della prima carrozza e salì. Il vagone era surriscaldato e aveva un lezzo acre di mucchio, nauseante e insieme dolce, come le esalazioni di una fabbrica di biscotti. S'incamminò per il corridoio al buio, affacciandosi negli scompartimenti e rovistando tra le teste tutte uguali, dondoloni nel sonno. Scovare il figlio fu facilissimo. Faceva parte di un gruppo dove si parlottava e si fumava.

«Mamma!» Vittorio se la trovò vicina all'improvviso. Gli era scivolata a fianco sul sedile, silenziosa. Sentendosi osservata, passò in rassegna tutti quei ragazzi, e la bocca le si arricciò, pudica, in un sorriso. Un sorriso che s'indurì quando vide, dietro ognuno di loro, una madre abbandonata. Rimase seduta scomodamente, senza assestarsi, ma parlò con voce limpida: «Sono venuta per riportarti a casa.» Il figlio non le rispose. Con i pensieri era lontano. Se soltanto lei avesse immaginato quanto lontano, si sarebbe risparmiata quell'affanno notturno. O forse no. La sua ottusità non conosceva freni. Ma che importanza ha: fregatene! Lasciala fare lì, si stancherà, e alla fine se ne andrà così com'è venuta coi mezzi suoi... Accese una sigaretta per fumarla contro il finestrino. E se ne andò con la mente a pascolare fantasmi tra quello che non si vedeva, ma che doveva pur esserci lì fuori. Chissà cosa? Tutta la vita ad annaspare, a cercare nel buio, e mai una volta che ti basti quello che c'è intorno. Tutta la vita a scappare... Almeno adesso sapeva dove: verso quel fronte lontano. Era lì che il pensiero sbatteva all'infinito.

Ma la notte stanca presto gli occhi e – hai voglia a cercare – non si vedeva a un metro. Basta. Ritorceva lo sguardo dentro, e di nuovo incrociava la madre. Che ci faceva lì? I suoi stracci, la sua borsetta, tutto era fuori luogo. Strideva. Lei era confinata altrove, accanto al poromo, stretti in un abbraccio infrollito. Come poteva sperare che lui la seguisse, che s'affidasse alla sua mano, cieco, come ai tempi dell'infanzia... In che modo credeva di sedurlo? Avrebbe voluto assestarle un bel calcio nel culo affagottato, e buttarla fuori dal treno. Tornatene a casa, scema... Che vai girando a quest'ora?

Ma in terra, sul pavimento lercio, c'erano quei piedi, piccoli e larghi, le scarpe bitorzolute, deformate dalle ossa sporgenti. Li teneva uniti, composti, come le mani sul grembo. Attraverso i piedi, gli salì una pena per lei tutta intera. Povera mamma! S'è trascinata fin qui i suoi odori, quello del fiato, quello che esala la scriminatura in mezzo ai capelli. Come li sapeva lui quegli odori! Povera mamma, povera bimbetta. Che ci fai qui alzata a quest'ora? Vai a casa, vai a dormire, amore. Togliti da questo sudiciume, da questa grevezza di maschi. Come ti sei invecchiata, mamma... Che è stato?

Strinse i pugni fino a conficcarsi le unghie nel palmo

della mano, per ricacciare indietro l'urgere del pianto che gli strozzava la gola. Come si sentiva idiota. Il suo cuore flebile lo sbugiardava. Scappato di casa per andare a combattere, gli veniva da piangere per quanto era stropicciata sua madre. Da quale miserabilità lui fuggisse, adesso lo sapeva. E guardandola tornava, ancora una volta, a sentirsi un miserabile. Non siamo altro che due miserabili, mamma...

La notte s'inoltrava, e i ragazzi pensarono di utilizzare quella presenza materna. Iniziò uno, timidamente, poi, via via, in molti le si fecero intorno, con un bottone da rinforzare, un orlo da ricucire. La chiamavano mamma, e già sentivano nostalgia della loro. Nonna, lesta lesta, rammendava, si chinava a strappare il filo coi denti. «Mamma, perché non vieni con noi al nord?», s'azzardò un ragazzone rosso di capelli, al quale lei stava cavando una scheggia di legno da sotto un'unghia, e subito gli altri in coro: «Sì, parti con noi, mamma. Abbiamo bisogno della ninna nanna...» Lei ci sarebbe andata, tanto – ormai lo sapeva – il figlio dal treno non sarebbe sceso. Ma aveva in testa un altro pensiero. «Verrei ragazzi,» rispondeva «verrei. Se non fosse per quel poromo che m'aspetta a casa... Come faccio? Se non torno, quello muore di crepacuore.»

Il treno si mosse all'improvviso. Lei parlava con i ragazzi, si incuriosiva alle loro storie, era affollata di indirizzi, di biglietti, e di messaggi da recapitare. Dal finestrino verso cui subito si precipitò, vide scorrere solo la notte.

Lo sferragliare del treno la sballottava nel budello del corridoio. Il figlio, la sorreggeva spingendola avanti: «Dai, forza mamma! Sbrigati.» Gridava per sovrastare il frastuono assordante, che, assieme alle raffiche del vento, rientrava dai finestrini rimasti aperti. S'appoggiarono alle pareti arrugginite davanti allo sportello, aspettando che il treno rallentasse.

Fuori, contro il cielo, si distingueva la fascia nera della campagna, e gli ammassi sfrangiati degli alberi. La corsa stava perdendo un po' della sua potenza, e il treno scorreva più pigramente sui binari. Poi rallentò. Rallentò fino a quasi fermarsi. «Giù, giù, ora,» strillò il figlio. In un lampo nonna già s'era scaraventata fuori. Il treno, quasi avesse rallentato solo per consentire quella piccola epurazione, subito riprese ad andare. Vittorio s'affacciò dal finestrino, ma non gli riuscì di vederla. Rimase a cercarla con il collo allungato e i capelli stracciati dal vento. Quando ritirò il capo, era intronato d'aria. Pensò ancora ai piedi di sua madre, a quelle scarpacce vecchie che adesso arrancavano nella notte.

Nonna è caduta nel fosso accanto ai binari, tra i ciuffi di malerba abbarbicati ai margini di un campo di grano trasandato per via della guerra, che si spande tutt'intorno d'una sola gettata. Carponi nella gramigna, lei guarda davanti a sé il punto dove i binari si congiungono. Per un attimo, ancora, la notte estiva è solcata dal neroculo del treno, poi si svuota. La pianura dorme sotto il rombo delle cicale. Qua e là, ora vicino ora lontano, il vento turbina nella messe. Ha paura. I campi notturni paiono scossi da insidie, che frullano tra le stoppie, come improvvisi battiti d'ali. S'alza in piedi soffrendo negli arti, ingrulliti dalla posizione ratta. Carica subito le gambe del loro vecchio obbligo di sostenere a turno il corpaccio, sotto l'incalzare dei passi.

Andare, andare... Svelta, bisogna andare. Chissà quanta strada avrà già ingoiato il treno... Forza, senza pensare. L'importante è mettere un piede avanti all'altro, e non voltarsi. Dietro di lei non c'è niente, solo lo sterminio oscurato della natura che preme sulla schiena, e atterrisce. Il pietrisco affilato è un aguzzino sotto l'esile suola delle scarpe. Ma non può abbandonare la strada ferrata: è la sola traccia che la notte ha disteso in terra per lei – questa notte d'estate, fina, come lugubre seta marezzata dalla luna. Lo sguardo è meglio tenerlo basso sul bagliore ferrigno delle rotaie. Allora inventa un gioco estremo: il riflesso selenico che s'allunga sul binario davanti ai suoi piedi diventa il traguardo, impossibile da raggiungere perché irradiato dalla luna che avanza insieme a lei, quasi fosse un palloncino fluorescente legato al polso di un bimbo.

Le scarpe sono piene di sassi. Se ne sfila una, piegando la gamba a mezz'aria per non mettere il piede nudo in terra. Traballa sull'altra gamba per raggiungere il piano di legno d'una traversina, ma non fa in tempo a trovarlo. Perde l'equilibrio e ricade in mezzo al binario. Piange, grida, sbattendo le mani spalancate sui sassi, e infierisce ancor più su se stessa, facendo leva sui gomiti scorticati per rialzarsi. Si rificca le scarpe. Sputa su un lembo di sottana, e cerca così di ripulirsi le ginocchia. Dal basso ventre le si spande un malessere caldo, e abbandona ogni altro gesto per abbracciarsi la pancia («Ma dimmi tu, quante disgrazie, quante preoccupazioni dovevano capitarmi! Tutte a me... Tutte insieme... Signore mio, fammi arrivare a domani!»).

Procede più lentamente, aguzzando le pupille nella notte. La paura l'ha lasciata: s'è arresa alla spossatezza. Biascica parole, racconta a se stessa la propria pena, il calvario della guerra, e dei figli. I figli che le hanno dato solo dolore. Sente la linfa della vita seccarsi negli strati imi del corpo: l'indolimento s'è fatto arsura. Gli occhi sbranano l'alto: «Stanotte dovrai scendere in terra con me. Dovrai visitarmi, tu, Madre di tutte le Madri!» Mai s'è sentita così vicina, così dentro il cielo. Il torso flesso in su, le braccia come due rami mendichi, per abbracciarlo tutto il firmamento. Piegata sulle ginocchia ulcerate, invoca: «Madonna... Madonna... Che t'ho fatto Madonna? La conosci la mia storia. Tu che sei stata madre, qui in terra, lo sai che vuol dire vedersi morire il figlio. Dei miei uno te lo sei ripreso, involato in cielo a farti da cherubino. Sapessi quante volte mi sono chiesta, quale fosse il mio, nello svolazzo d'angiolelli che ti fa corona. Ma io non ho detto niente, che ne avevo altri tre da fare grandi. Non mi sono lasciata ammattire, e la tentazione c'era stringendomi quegli abituzzi vuoti sul petto, dove me l'ero nutrito. Hai voglia se c'era! No, non sono venuta in chiesa a sgraffiarti via dal muro con le unghie. No, t'ho pregata in ginocchio, come adesso su questo banco di pietre. Zitta, l'ho chiusa dentro alle preghiere, quella morte, come se fra me e te non fosse passata. E sono andata avanti, non per me stessa, ma per gli altri figli, solo per loro. Ora, anche l'ultimo se n'è andato... L'hai visto, no? M'è scivolato via dalle mani come se ce le avessi piene di strutto. Mi sento una cosa unta che non trattiene più niente... Guardami bene, Madonna. Io ti vedo, sai? Vedo i tuoi occhi, il tuo manto cilestrino, tutto vedo, il filetto d'oro che ti orna, e l'aureola, e i tuoi piedi belli dentro lo stellato. Guardami bene, Madonna... Ripigliami! Ri-pi-glia-mi-ti, Madonna. Fammi morire stanotte stessa, non me ne importa nulla, ma ri-por-ta-mi a casa i miei figli... Rimandali al padre, che li aspetta, e non parla più. Sono mesi che sta zitto. Si sente troppe colpe addosso. Un giorno o l'altro, quello si stende in terra in camera dei figli, si mette le mani sul petto e se ne va... Madonna, Madonna, li devi salvare. Tu me li devi... me li devi... me li devi... me li devi...»

Tutto era fermo. Nel mondo non c'era niente di più sacro di questo colloquio notturno: un furto al cielo. La madre terrena, ferina di dolore, stanava la madre celeste dalla sua pace ornamentale, e la tirava giù dabbasso con lei, in ginocchio sui sassi. E li scese davvero, i suoi bianchi, disadorni, occhi di statua. Un corrucciamento di infelicità scompose il suo viso beato. Pareva dicesse al nuvoloso stormo degli angeli: «Basta. Cavatemi da questo raggelo, non posso vederla soffrire così, non posso!» Quasi che, sotto il drappeggio marmoreo delle sue vesti, avesse risentito il tepore di un ventre carnale.

Da qualche parte nel mondo, una madonnella di gesso, cadde, e si sbriciolò in terra: la madre celeste sortì dal simulacro, e venne a posarsi sulle rotaie accanto a nonna. «Torneranno i tuoi figli, tutti e tre, torneranno...»

Dopo la preghiera, riprese a camminare rasserenata. L'orizzonte s'ingobbì e una nera montuosità si stagliò nel buio davanti a lei. La luna addensava un alone madreperlaceo attorno alla cima, e se ne discernevano i profili azzurro fosco dei fianchi. Ai piedi della collina il binario spariva conficcandosi in un cunicolo dalla volta bassa. Lei s'addentrò nella galleria, tastando la superfice argillosa della roccia, da cui trasudava un umido ghiacciato. Durò poco. Subito s'accorse, in quella totale oscurità, della pozza di cielo lunare riapparso in fondo all'arco della volta. S'affrettò e tornò allo scoperto.

Lontanissimo, notò un tremolio luminoso, piccolo come quello di una lucciola. Il punto si fissò nella notte, distante ma sicuro: un grumo giallognolo dal fondo opalino. Gli corse incontro affannandosi. Le braccia inanellate attorno al ventre, sorreggevano una pena sorda nella cavità dell'utero: un fibroma, che si era rivelato da un anno ormai, con perdite scure nella biancheria. Il medico le aveva detto di non strapazzarsi, che andava operata presto. Ma c'era la guerra. «E poi,» pensava «che ne sanno loro... Vai lì con il cappello, ti togli le scarpe, ti stendi, e loro si credono che la tua vita sia quella di quei cinque minuti in cui ti fai visitare. Che ne sanno loro, a che vita indiavolata li hai rubati, tu, quei cinque minuti...»

Camminava lentamente, assediata dal timore che

quella protuberanza si stesse lacerando, e sfogasse tutto il putridume di cui era rigonfia. Forse questa notte impietosa le riservava un gran finale: spanzata lì, sulle rotaie, proprio a due passi dalla stazione, all'addiaccio, senza neppure una tettoia o anche solo un muro dove accostare il dorso, sola e imbrattata come nell'aborto di una puttana...

Invece arrivò. Inarcò la schiena, fece scivolare le mani fino alla gobba delle natiche, e rimase assorta a massaggiarsi le reni. La luce si irraggiava da una finestra a mezzaluna di una piccola stazione, allogata in un basso casotto di fortuna. «C'è nessuno? C'è nessuno?» gridò, bussando contro il vetro, e facendolo tintinnare nel telaio. All'interno s'intravvedeva la chiazza opaca del pavimento e una sedia di legno a braccioli, con una giacca da ferroviere aggiustata sulla spalliera.

Insignito di baffetti sotto le narici di un naso camuso, gli occhi due piccole bacche morate, non lo sentì avvicinarsi, e trasalì. L'ometto con le gambe corte, ma il torace forte su cui aderiva la trama rozza della canottiera, stava in piedi di fronte a lei, con l'aspetto gualcito di chi ha preso riposo su una branda con un pastrano buttato addosso. «Che c'è? Chi cercate?», la investì una voce pastosa di torpore. Lei adoperò un timbro alto, quasi infantile, una forzatura per contraffare la sua vera voce che sentiva nascerle dentro, già troppo vicina al pianto. Andò spedita, e nel racconto s'impose una ponderazione che l'aiutasse a scartare certi dettagli, di cui sarebbe stato imprudente rendere partecipe uno sconosciuto. Quando smise di parlare notò il silenzio dell'altro. L'uomo non aggiungeva nulla, né aveva domande da farle. Solo allora si rese conto di come il capostazione doveva averla guardata mentre lei parlava, e di quanta malevolenza albergasse nella tranquillità dei suoi occhi.

Liberatosi in fretta dall'intorpidimento, nell'aria fresca

della notte, lui schiuse un sorriso volpino. Gli bastò appena una pigra colatura di quello sguardo quatto, per misurare lo stato disdicevole in cui la donna si trovava: le scarpe malridotte, le gambe sgraffiate, il sudore sulla fronte e sulle gote, rilucenti per la poca luce che veniva dall'interno, da una lampadina sporca appesa a un lungo filo.

È lì – proprio sotto quel cono di luce impolverata – che lui la guida attraverso l'uscio. Le fa cenno di sedersi, e chiede se vuole bere qualcosa. Lei scrolla il capo e resta in piedi, con l'ansima tutta rattenuta nel groviglio delle mani. Vuole solo qualche indicazione sulla strada, dice. La sua voce è diventata querula e supplichevole, mentre s'accorge di non essere ascoltata. Il capostazione ha richiuso il chiavistello della porta, e sta sistemando le sue cose in giro per la stanza, con insolente meticolosità. Le parla dandole le spalle, intanto cava un piccolo pettine dal taschino della giacca, e lo fa scorrere all'indietro nella striscia di capelli che gli incornicia la testa calva.

«Ma, signora,» dice «dove vuole andare? Tram a quest'ora mica ce ne sono. C'è il coprifuoco! E poi siamo dall'altra parte della città. Adesso lei si mette qui, e domani mattina quando smonto ce l'accompagno io con la camionetta...» Le indica il giaciglio di fortuna affossato in un canto, e si china a ravvivarlo.

Il rubinetto di un piccolo lavello sbrecciato tossisce e schizza acqua intorno. Il capostazione ci infila sotto un bicchiere e glielo porge con uno sguardo di padronanza. Le gambe tranquille, divaricate, si sgrulla con negligenza l'acqua dalle dita, fermo, troppo vicino a lei. Il bicchiere le scivola dalla mano. S'infrange a terra, bagnando i pantaloni e le scarpe dell'uomo. Adesso la voce di nonna è un filo, un barrito afono: «Devo andare a casa. Le ho detto che devo andare a casa, mi lasci uscire. Per favore...» L'uomo non si sposta, ostenta un sorriso più largo in cui s'affacciano tutti i dentini aguzzi. Intanto la sua mano scivola nei capelli di lei. Le cerca con le labbra un'orecchia, sbavandogliela nei sussurri, e passa subito a una greve dimestichezza: «Dov'è che vuoi andare? Ma che mi vieni a raccontare... Stai buona! Stai buona...» La schiaccia contro il muro. Lei sente sul collo il fiato caldo di una bocca rancida di sonno, la pelle ispida del viso – mentre si dibatte per sottrarsi al turgore dell'uomo, che è lì con gli occhi torpidi di desiderio e la bocca semiaperta. Lui mugola per il suo membro che non riesce a quietare in quell'arruffamento di sottane, di graffi, di morsi. Non ce la fa a tenerla ferma, la foia lo debilita. Nonna squassa la testa, sputa, uggiola come una cagna con il viso fradicio di pianto e muco. «Staccati, staccati! Sporcaccione... Che ti sei messo in testa?! Io sono una madre di famiglia, ho i figli grandi, io... Vattene, vattene! Che t'ammaz...» Gli sfugge dalle sgrinfie con un guizzo, e stramazza dall'altra parte della stanza, dove continua a urlare forastica, inavvicinabile.

Il capostazione ricade a peso morto contro il muro, inerme. Non se l'aspettava una difesa così selvaggia e disperata. Lui pensava al tepore di una sveltina, appena un po' forzata, ma poi gradita. Pensava al miele di una fica. Invece, tutta quella disperata riluttanza glielo ha di botto ammosciato. «Come se non bastasse la guerra a darci i calci nei coglioni!» si lamenta. «Potevamo stare un po' benino, no?» La osserva sottecchi, ravvolta nella penombra: è scura e vibrante come un insetto torturato. Finalmente la vede nella giusta luce, per quello che è veramente: uno scampolo di guerra sopravvissuto al flagello. Si tiene il vestito lacero sul seno, dove la scuotono distanziati e profondi singulti. Nella stanza c'è solo il lamento di nonna. Quasi che l'affronto subito le abbia lacerato l'ultimo argine, e quell'emorragia di lacrime non debba arrestarsi mai più.

Gli occhi che gli rialza addosso sono due bracieri. Va silenziosa verso il lavandino, e si sciacqua i resti di quella ripugnanza dal viso, dal collo, e dalla scollatura del seno. Le basta un cenno per farsi aprire la porta. Lui le va dietro con la giacca aperta sulla canottiera, per darle delle indicazioni: «Vada diritta, poi si tenga a destra, sempre a destra... poi...» Allenta il passo e si ferma. La vede davanti a sé – gambe storte che si arrampicano – impicciolirsi nella notte. Glielo grida appresso: «Mi scusi signò! M'ero creduto un'altra cosa...»

Non c'era che campagna. Il disegno nero di lei, avanzava lungo la strada sterrata. Mosse dal vento, le chiome degli alberi creavano un croscio solitario, identico a un ruscello montano. Un bagliore su una gronda o sullo spiovere dei coppi, le faceva intravvedere qualche casolare con un cagnaccio ossuto addormentato alla catena, che talora, al suo passaggio, stirava il collo in un malinconico ululato senza seguito. Poi finalmente i primi palazzi, lontani e soli, come tristi bastimenti nel cielo, che stava cambiando velocemente. Il nero stinse in una cappa plumbea e un vapore perlaceo si distribuì intorno ai passi di nonna. Costeggiò le baracche degli sfollati, addormentate tra cumuli di macerie. La città s'appressava sporca, indelebilmente velata dai sedimenti polverosi delle esplosioni. Dei palazzi smembrati non rimanevano che le facciate, con lugubri finestre traversate dal cielo, o solo un moncone – dove le abitazioni scoperchiate si posavano atrocemente intatte. In quello sparpaglio di tumuli si prodigò la malia dell'alba. Nonna si fermò a scrutare il nuovo cielo, come un uccello al risveglio. Libere dalla posa notturna, le sue iridi grigio-azzurro si sollevarono pallide e smerigliate, specchi di laghi ghiacciati, tra le nuvole che sbiancavano l'aria.

La vecchia sgusciò fuori da una stradina. Si carreggiava una cesta sopra un fazzoletto acciambellato in testa. Nonna rincorse il ritaglio nero delle sue sottane dietro l'angolo dove la donna si dileguò furtiva, quasi avesse appreso a sopravvivere dalle blatte che infestavano le case durante la guerra. «Signora, signora... Per favore...» gridò, correndole appresso. Ma la vecchia sapeva pure discernere, dalle insidie, la trepidazione autentica di un'altra sventurata. Non lasciò che quella preghiera scivolasse a vuoto, e richiamò nonna in un vicolo: «Che c'è bella? Chi cerchi?» Sorrise, e il viso le si strinse in un graspo di rughe. L'ombra raccolta nel vicolo, abbuiò per un attimo gli occhi di nonna, ancora troppo pieni di luce. «Mi scusi» disse «devo andare dalle parti di via Nazionale, saprebbe indicarmi la strada?» Con le sue vesti nere e il passo claudicante, la vecchia s'avvicinò come un calabrone ferito. Le afferrò in prestito il palmo della mano (alla maniera di una zingara) e lì sopra, usando i sentieri già preesistenti, disegnò il tragitto. Poi la trattenne ancora nel vicolo: «Lo sai che ci tengo qui sopra?» le domandò, indicando la cesta che pisolava sul suo capo. Così vicina, la vecchia era troppo carica d'odori, e spifferava un fiato aspro come cicoria. «No, non lo so proprio,» si sbrigò nonna. Di nuovo la pelle della vecchia s'increspò: «Eh,» sospirò «tutta la mia famiglia.» S'incurvò appena e nonna scorse nella cesta un neonato addormentato. La vecchia scoppiò a ridere, mostrando i pochi denti rimasti sotto il bozzo gengivale raggrumato, e s'allontanò con la sua scia di risa sgraziate.

Nonna riprese a camminare seguendo quelle indicazioni. Ora la strada pareva correrle incontro. Intorno si stagliava un'architettura sempre più familiare. Riconosceva crocicchi e qualche scorcio, dove s'era spinta altre volte grazie alla sua ansia girovaga. Avanzava per intuito. Era una bestiola urbana: la campagna, anche nella sua più acquietante disposizione, la opprimeva, mentre in città avrebbe potuto spingersi nel più molesto angiporto senza timore.

Piazza Vittorio: d'un tratto sbottonata lì davanti. Ci scivolò dentro da un vicolo, e l'immensa fuga dell'ammattonato su cui erompeva la mondizia dell'alba, le tolse il fiato. Non era abituata a vederla così. La grande comare, spoglia del suo davanzale di banchi e femmine, era uno scabro mosaico di sampietrini sporchi. La prospettiva dei palazzi schierati attorno la segregava in una desolata vastità. La solitudine della piazza era la stessa che abitava il cuore di nonna. Se avesse dovuto scegliere per se stessa un trono, lo avrebbe voluto lì. Così pure il suo sepolcro: di marmo, in mezzo al mercato. Pensò: «Cinque minuti soltanto, mi riposo cinque minuti soltanto, ora che sono arrivata.»

Mette il culo su un gradino, allunga le gambe, cattura i malleoli e li massaggia. Tra i piedi le è finito un avanzo nero di lattuga. Ci incanta gli occhi sopra, e la verdura a poco a poco si dilata per accogliere la piazza intera, con il suo ambiente tumultuante e la folla che si anima. E... ticchettacche... ticchettacche... ticche... I tacchi di Monda impettita sul selciato, nonna e sua sorella dietro al trotto, così piccole appresso a quel pezzo di madre. Il vestito cremisi della bersagliera svolazza, e loro giocano ad acchiapparlo con la bocca, come una farfalla. Poi le mani tornite di suo padre sulle montagnole di frutta: tocca poco, pesca con lo sguardo, il professore. Intanto lei infila i denti nel legno sudicio del banco, e appiccicati al naso ha tutti quei pomi colorati. Accanto all'insalata corre un rigagnolo, che confluisce in una larga pozza sotto al marciapiede. La guazza conduce alla scaturigine: il becco di ferro della fontanella, con il suo piccolo foro che piscia indisturbato. Ed ecco lei e il poromo toscano, raminghi fidanzatini, assetati nella controra. Le sue scarpette bianche piene di schizzi, l'acqua fresca nelle mani a conca, le gocce su per le braccia, e lui che le regge la borsetta. Poi, a uno a uno, i musi dei figli trafelati nelle scorribande dei giochi. Implorano: «Ancora un attimo ma'... ancora un attimo.» Li deve aspettare con le chiavi di casa in mano, che è scesa in fretta, senza borsa, per riportarli a casa prima che faccia buio. Le capocce s'alternano chine. Lei tutela la distanza delle bocche dal foro e i figli stanno accorti a non sfiorare il becco della fontanella, compenetrati dall'antico rimprovero: «Non t'attaccare! Che la gente alle fontane ci scatarra e ci piscia.»

Poi tutto svanisce, resta solo la verdura marcia nella guazza. No, la vita è un pensiero che bisognerebbe non avere. («Su, fammi andare! Dai forza alzati...»). E il culo ghiaccio di nonna si stacca dal gradino.

Lo sguardo fisso al crocevia, Gioacchino aveva atteso lo stanco caracollare di quel bacino su quelle gambe per tutta la notte. E aveva pensato alla moglie intensamente, come da tempo non faceva. Anche alla sua nudità. La spogliò come si spoglia una bambola, per rivestirla subito con un nuovo abito. Non ricordava cosa lei indossasse quand'era uscita, e perciò la cambiò molte volte prima d'accorgersi, guardando nell'anta semiaperta dell'armadio, di quanto esiguo fosse il suo guardaroba, e di come lui, inavvertitamente, la stesse ricoprendo con gli abiti di quando era ragazza. E come avrebbero mai potuto, quei vestitini, fasciarle i suoi fianchi di adesso, e il busto scancellato dalle maternità? I pensieri soavi svanirono, ingoiati da una gola all'improvviso acre. Sentì uno strappo, qualcosa che si separava da lui e sprofondava altrove. La moglie s'allontanò dietro una tenda di garza, in una lontananza non più terrena. La credette morta, caduta prima ancora di raggiungere il treno. Le sue gambe (come la prima volta che l'aveva vista) fruste di pane bianco disanimate tra i calcinacci. Lungo il mento, una sola piccola bava di sangue, il suo paniere rotolato in terra, accanto a un braccio spalancato e ai capelli ruvidi sul volto e nella polvere. Fissò il quadro di questa morte, e decise: se lei non fosse tornata, si sarebbe lasciato andare giù, oltre il balcone.

Attese molle e disossato come un geco. Neppure l'alba lo sorprese. Il cielo schiarì su una macabra sentinella, fedele alla consegna, con il capo rammollito nelle mostrine, dopo il bacio di un cecchino nella notte.

Quando lei compare in fondo alla strada con la testa protesa in alto, verso il balcone dove sa di trovarlo, s'addentra nello sguardo gelatinoso di un cieco: una oscurità che fu tormentata da un desiderio, ormai arreso. Il poromo non si muove. Non sa se è davvero la moglie o una fatina venuta a simularla, perché lui possa morire con leggerezza. Ma poi sente anche la voce che lo chiama: «Gioacchino, Gioacchino...» E adesso è già davanti al portone. Il vestito blu dal taglio alto sotto il seno: ecco cosa indossa! Com'era facile indovinarlo. («Dove sei stata, dove sei stata amore mio?»).

S'incontrano all'ingresso. Non un vero e proprio abbraccio, il loro: è un modo maldestro di stare uniti con i corpi, placati dall'odore che compongono insieme. Non si chiedono, né si raccontano, niente. Si stringono in una spossatezza senza parole. E lei finalmente può svenire. Chiude gli occhi e lo fa.

Quella mattina stessa, le estirparono dalle viscere un fibroma che faceva quasi un chilo. L'ospedale San Giovanni era uno scroscio di lamenti. Quando s'addormentò in infermeria, la cagnara oltre la porta bianca s'attutì in un murmure cantilenato che la ninnò. Dopo il raschiamento, fu abbandonata su una lettiga a riposare. Il poromo la vegliava dalla penombra di un finestrone schermato. Poi se la riportò a casa.

V

Poggiava la tazzina del caffè sul davanzale, e rimaneva a godersi l'aria fresca sulla pelle fina del risveglio, con quell'aroma chiuso nella bocca e la lingua sazia, annerita. Di nuovo la vecchia abitudine: il piacere del primo caffè da assaporare sola, in santa pace, con la casa dietro le spalle che ancora dorme: una quiete furtiva, la sua, meravigliosa.

I figli, tutti e tre, avevano fatto ritorno. Ora, al mattino, non spalancava le finestre delle loro camere, li lasciava riposare. S'era fatta più indulgente, ma anche le piaceva goderseli inerti nei letti. Li esplorava dalla fessura della porta, mezzi scoperti tra le lenzuola raggrinzite, e le parevano giganteschi neonati.

I due più grandi si erano riadattati in fretta, e non la impensierivano, anche se a uno gli mancava un pugno di cranio accanto alla tempia, dove s'era beccato una granata. Operato in un ospedale da campo, senza anestesia, qualche scheggia doveva stargli ancora conficcata in zucca. Avevano ripreso i loro studi universitari con una gran voglia di sbrigarsi e di recuperare quegli anni pirateggiati dalla guerra: le gambone incastrate sotto i piccoli scrittoi, come due scolari attempati.

Vittorio, invece, s'era portato dietro un grande silenzio e due occhi sempre sgusciati tra i cigli. Era andato a suicidarsi, ma la Bella Morte non l'aveva trovata. Ci andò vicino quel giorno in cui sentì un proiettile rimbalzargli proprio sul cuore e toccandosi, scoperse ammaccato, nel taschino della divisa, il portasigarette d'argento del professore. Quasi che, dall'alto, il nonno avesse fatto scudo al suo nipote prediletto.

E adesso, a diciotto anni, era un sopravvissuto, reduce d'un fronte senza dignità di memoria. Non gli restava che alitare fiato caldo in casa, dietro le tapparelle socchiuse. In quei torbidi giorni dell'immediato dopoguerra, la madre cercò di tenerlo nascosto, temendo che nella ferocia delle rappresaglie, il figlio venisse ucciso a botte e sassate, come un gattaccio di strada. Stava sempre all'erta, e quando usciva a fare la spesa, prima ancora che qualcuno glielo chiedesse, si sbrigava a parlare di lui a voce alta con le altre donne: «Chi? Mio figlio, quello piccolo? Non so dov'è. Se l'è filata! Quello è uno scriteriato... Ma se un giorno bussa alla porta, non gli faccio più mettere piede in casa. 'Chi sei tu? Chi ti conosce?', gli dico.»

Lui passava le giornate steso sul letto, vestito come se dovesse uscire, con gli occhi al soffitto. Andava ricercando nella ragnatela dell'intonaco sopra di sé, i mille sentieri, fatti di macchie di crepature e venuzze, lungo i quali aveva fantasticato nell'infanzia. A volte, benefico, un sonno di piombo lo assaliva. Se ne ridestava a fatica, intronato, come uscendo da un pozzo, reduce da chissà quali sognacci; oppure di soprassalto fradicio di sudore con i muscoli ciliari contratti. Cosa aveva visto nel fondo di quel pozzo? Da quale atrocità la sua camera, ritrovata al risveglio, lo aveva salvato? Il copriletto stretto tra le mani, sussurrava qualcosa, inudibile persino a se stesso. Non gridava mai, anche negli incubi le sue urla non si staccavano dalla gola. I denti serravano un labbro, fino a ferirlo.

Lei, dopo aver origliato inutilmente fuori dalla porta, con qualche misera scusa s'affacciava, senza entrare nella stanza: «Hai chiamato?» domandava, e, intanto, teneva d'occhio la sponda del letto, dove lui poggiava i piedi infilati nelle scarpe. Aspettava un suo movimento, per accertarsi che fosse ancora vivo. Mai aveva affinato la propria dedizione di madre a tal punto. Rimaneva in silenzio, senza disturbarlo, e solo prima d'andarsene diceva: «Non ci pensare figlio mio, è andata così... Perché non ti dai una bella lavata? Così dopo ti senti fresco...» Lui dal letto guardava in terra, dove cadeva l'ombra tozza della madre.

Poi andava in bagno. Lasciava scivolare in basso l'eccitazione della mente: un'eccitazione scialba, fatta di poche reminiscenze di casino, stinte nella memoria. Sarebbe stato come abbandonarsi dentro il ventre poco pretenzioso di una mignotta amica. Ma l'orrore gli rinveniva negli occhi, per stanarlo proprio lì, nel rifugio più intimo. Le esili fantasie erotiche, appena stuzzicate, nemmeno provavano a resistere, lo abbandonavano subito. Si sedeva sul bordo stondato della vasca, e, piegato in avanti, si piangeva tra i ginocchi.

Dal bagno non arrivava alcun rumore. La madre pensava a qualche solitaria porcheriola, sperando che un po' di vita sana al figlio gli tornasse su dall'uccello. Approfittava di queste assenze per rigovernargli la stanza. S'intrufolava lesta, lasciava le persiane chiuse, apriva i vetri della finestra per far cambiare l'aria viziata di fumo, e tirava su il letto. Allora s'accorgeva delle piccole macchie di sangue color prugna, sul cuscino dove lui s'era morso il labbro.

Di notte, quando il quartiere era preda del sonno, Vittorio usciva. Guardandolo di spalle, lei si sentiva scossa dall'istinto d'assestargli il fondo pesante di una delle sue padelle sulla testa dura, per stordirlo, trascinarlo nello sgabuzzino, e tenerselo in casa legato. Lo supplicava, si metteva davanti alla porta con le braccia aperte, ma la sua muscolatura pendula era una barriera troppo misera. Non le restava altro che trascinarsi dietro il soprabito e seguirlo, fin dove il fiato la sosteneva, accosta ai muri per non farsene accorgere.

Le astuzie della madre erano patetiche. Nella disperazione, povera donna, aveva perso ogni sottigliezza. Vittorio non si voltava per non farla morire di spavento. La lasciava fare, sbirciandola con gli orli degli occhi: avanzava a balzi come una coniglia. Gli faceva pena, e rallentava il passo. Girovagava per la città cercando il fresco della notte, lontano dall'avaria della sua stanza. Al massimo si spingeva fino al Colle Oppio, per incontrarsi con qualche raminghità sorella. Avrebbe potuto trascinarsi dietro la madre chissà quanto, ma la sapeva stanca. Poi, d'improvviso, lo infastidiva averci appresso quel cencio affannato. Svoltava un angolo, e se la toglieva di torno.

Rientrava tardi, quando l'umido gli si era conficcato nelle spalle. Spingeva i pugni nelle saccocce della giacca, e le scapole s'affacciavano dal dorso magro. Ogni volta, si sentiva mortificato di quel ritorno. Avrebbe voluto scomparire nella bruma di un porto: spalle larghe nel pastrano e sigaretta accesa. Ultimo gesto, il bavero alzato, come Jean Gabin. E cancellare ogni identità per arruolarsi nella legione straniera, insieme ai criminali e ai poeti. Sì, un po' assassino un po' poeta, così gli piaceva sentirsi. Invece imbucava la zucca nel vecchio andito, e sgusciava su per le scale. La madre non c'era ad aspettarlo, ma l'aria odorava della sua veglia. Appena sentito il tramenio delle chiavi nella toppa, era fuggita a coricarsi.

Anche i giorni del rancore passarono. La vita fremeva per rimuovere i fondacci e ricostituirsi leggera. Ormai lui poteva uscire senza più pericoli, ma uscendo non sapeva che fare. Pigramente, seguì l'esempio del fratello maggiore, e si iscrisse a ingegneria: la disciplina meno consona alle sue attitudini. I libri di matematica lo fiaccavano e le parole scritte s'infittivano in minuscole zebrature, invitando la mente a interminabili divagazioni. Allora scendeva a prendere una boccata d'aria, sotto il cielo ragnato di riflessi malvacei, al tramonto. Sentiva che avrebbe apprezzato maggiormente quelle passeggiate se a svolazzargli intorno ai malleoli ci fossero stati i risvolti d'un paio di calzoni dal taglio moderno, e nel taschino della camicia l'agio di un bel pacchetto di sigarette, e qualche soldo in più.

Nel 1950 la fortuna gli arrise. Era l'Anno Santo, il primo dopo la fine della guerra. Davanti alla frotta dei pellegrini, la indefessa fiacca di Roma aveva abdicato. La città si acclimatò gioiosamente all'ondata di mistica grascia: trattorie aperte fino a tardi, barconi sul Tevere, fisarmoniche, e una miriade di commerci santi – che s'estendevano ben oltre la sacra agorà di San Pietro. Lui si stillò a lungo il cervello perché un po' di tornaconto da quello scialo, gli arrivasse nelle tasche. Una sera, tornando dalla consueta passeggiata vespertina, mise a punto un'invenzione. I negozi abbondavano di crocefissi, di santini, di cupole innevate, di souvenir; ma tutto era triste, già impolverato. Ci voleva qualcosa di vivo. Gli venne in mente la terra, la terra santa di Roma. Bisognava venderla. Ma, come? Pensò di raccoglierla in sacchetti di pelle, da appendere a piccoli bastoni ricurvi. E fu il «Bastoncino del pellegrino.»

Si dimezzò nel giro di pochi giorni, la terra inscurita dai fondi di caffè, dentro i vasi di gerani della madre. Gli abituali compagni del suo vagabondaggio si unirono entusiasti all'impresa, e sul terrazzino si lavorava con grande operosità, cucendo, riempiendo, incollando. Il primo prototipo, ancora un po' rozzo, piacque. Le bancarelle e i negozi che avevano accettato di inserire il bastoncino nella loro mostra solo per prova, ne ordinarono subito molti altri. Con i primi guadagni, furono apportate piccole migliorie al prodotto. La confezione dei sacchetti fu affidata a una sartina, mentre un apposito laboratorio preparava i bastoncelli torniti e levigati, sui quali s'aggiunse una targhetta dorata con l'iscrizione: «Terra urbis. Anno Santo 1950.»

I turisti impazzivano di felicità al pensiero di riportarsi a casa un po' di terra benedetta. La benedizione, a dire il vero, non era di stretta osservanza. In un primo tempo, Vittorio e i suoi amici avevano pensato di portare la terra – che intanto era diventata quella del parco di Traiano – dal parroco perché la inumidisse con una spruzzata della sua acquetta; ma nessuno s'era fatto carico di questa rogna. Di tutt'altro tipo fu, dunque, la benedizione che questo gruppo di giovannottacci, miscredenti e bestemmiatori, impartiva alla terra durante le trafugazioni notturne. Ubriachi, modulavano spetezzamenti sonori alla faccia del curato. Ammaliati dai misteri del buio e del vento che zufolava tra gli alberi, si buttavano carponi, dilettandosi con un rito sconcio, propiziatorio di fertilità. Simulavano un amplesso con la terra, «la grande bagasciona.» Poi, posseduti da un delirio panico, decretavano che ogni cosa aveva un'anima, anche lo stronzo di un cane. Tutto, tranne i preti che sarebbero finiti come cotiche, cotti coi fagioli nel calderone dell'inferno! «Con le budella dell'ultimo papa, impiccheremo l'ultimo re!», cantavano, uscendo dal parco.

Il meglio veniva sempre quando facevano i conti. Piedi sul tavolo, dividevano subito l'incasso, e con le tasche piene se ne andavano sulle lambrette nei posti delle signorine, a esibire la loro improntitudine. Caricavano le più simpatiche, e se le portavano nelle osterie a strafogarsi di matriciane, code alla vaccinara e vino. «Lo vedi ecco Marino la sagra c'è der vino...», si sgolavano. Qualcuno cacciava fuori il ritornello d'una vecchia canzone di battaglia, e tutti gli andavano dietro accorati: le voci sgarrate, una commozione torbida, come i ricordi illanguiditi dal bere. Si stringevano alle loro mignotte, e quelle ci stavano, ubriachelle. Sollevavano l'esilità dei loro polsi, brandendo i bicchieri. Ogni tanto, indovinavano qualche rima, e la biascicavano giulive.

Sotto un cielo che quasi albeggiava, si salutavano ormai lontani: «Ciaaao bambiiineeee...» Di fare lo zompo e la ranocchia non se ne parlava più: «Domani! Si tromba domani! Bambiiineee...» Tornavano verso casa abbracciati e traballanti. La guerra, ancora troppo vicina, aveva il sapore delle loro bocche allappate di vino. Velocemente l'allegria si trasmutava in una malinconia piagnona. Si fermavano a pisciare in un cantone, oppure s'appoggiavano al muro e vomitavano.

Tutte le notti la stessa vitaccia, fottendosene dell'umore poco limpido e della testa ronzante che li aspettava il giorno dopo. Avevano in odio il sentimento d'accanita preservazione, che accendeva la vita dei loro genitori. Si portavano sulla groppa un tratto deforme di storia, e gli bastava.

Passato l'Anno Santo, Vittorio, di nuovo squattrinato, s'innamorò. La conobbe a una festicciola di racchie, tutte ragazze di buona famiglia. Per vizio, lui e i suoi amici, si facevano aspettare. Arrivavano solo verso la fine. E un «friccico» attraversava la festa: afrore di branco, di teppa. Lucky Strike, brillantina e camiciole leggere dal taglio americano, aperte almeno fino al primo riccio di peli: le ragazzine vermicolavano tutte verso quegli sguardi ruvidi. In verità erano, i loro, solo occhi di lupacchioni inoffensivi che venivano a razziare in un ovile troppo facile, solo per divertirsi un po'. Occhi affamati, soprattutto, della pasciona esibita sulle argenterie di casa. Vassoi, concoline, piattini colmi di delizie:

pastesfoglie, pastefrolle, struffoli, chiacchiere e paninetti imbottiti. Placati da quelle delizie gastronomiche, che avevano il sapore delle immacolate mani di governanti tate nonne e zie, ammiccanti dietro il broccato d'un tendaggio, si concedevano al sollazzo delle racchie. Per gratitudine spargevano qualche occhiata maliziosa, verso la sciagura di quei girocolli di lanetta, col crocifissino d'oro o il filo delle perle, suscitando avvampamenti e deliquescenze. Le ragazze, scambiandosi parole e risolini isterici nelle orecchie, svelavano un appetito nascosto di cui non conoscevano ancora l'appagamento. Né i giovanotti avevano fantasia di andare al sodo, ché lo facevano già con le mignotte. Qui, ci sarebbe stato troppo da faticare per i loro uccelli sbrigativi, con il rischio di finire inguaiati. Se ne andavano lasciando promesse da mascalzoni per cuori mugolanti, sotto acerbe sise.

Quella di cui lui si sarebbe innamorato, ci capitò per caso in uno di questi saloni dalle stantie penombre. Accavallò le gambe e il mondo vacillò. Tra le asole i toraci si enfiarono, e gli occhi planarono su quelle forme audaci, impazziti come falene notturne contro la luce. I lupacchioni, fingendo di ignorarla, si mostravano divertiti, e nel contempo – mano in tasca, mezza bocca sorridente e l'altra metà scettica e distaccata – volevano spacciarsi per ospiti occasionali in quella trista festicciola. Qualcuno, fingendosi assorto nell'immensità del proprio pensiero, si isolava su una sedia, solo per sbirciarla con più tranquillità, sperando che lei s'accorgesse di quell'isolamento.

La bella parlava con un'amica e sembrava non avvedersi di nulla. Era avvezza a suscitare l'attenzione degli uomini. Pratica di se stessa, sapeva dove ogni suo palpito (dalla mano che più volte sfiorava i capelli, a quell'altra, pudica, posata sulle ginocchia incrociate) andava a ferire. Non aveva alcun bisogno di atteggiarsi: tutto le veniva naturale, come la bellezza, a cui era adusata da sempre.

Mentre parlava, una banda dei suoi capelli di un biondo-biondo le ricadeva sul viso, scomponendo la simmetria delle pieghe morbide, fresche di coiffeur. S'intravvedevano uno zigomo e la punta (la mirabile puntina) del naso e, solo a tratti, quello spargimento di marmellata di lamponi che era la sua bocca passata col rossetto. Vagheggiava le attrici americane del tempo. E intorno a lei, nella stanza, si muoveva un cinematografo sbruffone. Invece tutti, avrebbero voluto sprofondare a pecoroni, nel più italiano dei modi, su quel grembo profumato e annusarla, solamente annusarla un pochino.

Vittorio la ebbe. La corteggiò a dismisura e poi la ebbe – almeno nei momenti in cui stavano insieme, e forse completamente nemmeno in quelli. Lei pure s'innamorò, per quel tanto che la sua leggera interiorità le consentiva. Era eternamente indaffarata, piena d'impicci, d'appuntamenti. Viveva in casa con i genitori, ma godeva di una libertà inusitata per le ragazze di quei tempi. La sua era, infatti, una di quelle famiglie dalla moralità incerta, facilmente acclimatabile. Congetturavano, attraverso la figlia, un avvenire per loro stessi, e l'avevano scaltrita molto presto.

La sua avvenenza era troppo complice con il codice espressivo per essere innocente. Tutto in lei, dalla flessuosità dei fianchi, fino alla brillantezza sericea della capigliatura, pareva nutrirsi in qualche luogo sordido della sua interiorità. Ed era proprio questa maliziosa forgiatura a incantare ogni uomo, e a fare impazzire Vittorio di gelosia. Non era mai certo delle cangianti verità che lei sibilava tra i dentini. Né riusciva a decifrarne lo sguardo, nonostante lei glielo porgesse senza riserve – assonnato però, languente sotto una cortina di impurità. Agghindata come una donna fatta (abiti o tailleur di sartoria, sagomati sulle sue pienezze, e calze con la baguette), camminava con i piedi all'infuori, perché era ballerina: professione che la impreziosiva, ma la ombrava ulteriormente.

Sul palcoscenico, lei correva appresso all'occhio di bue, piroettando con stortignaccole ali o petali di tulle sulle spalle, dentro misere scenografie d'avanspettacolo. Lui la aspettava per ore, camminando su e giù, davanti al teatro. La ballerina guizzava fuori dall'uscio degli artisti stanca e capricciosa. Pur sapendolo già esausto di gelosia, lo tormentava con schermaglie e piccole crudeltà: «Indovina chi è venuto oggi ad assistere alle prove?... E come mi ha guardata...» Vittorio se ne rattristava, fino a diventare tetro. Lei, infastidita da quella sgradevole afflizione, diventava ancora più molesta e finivano per litigare.

Stavano qualche giorno senza vedersi, poi lui tornava a bazzicare i luoghi di lei, fingendo penosa fatalità nell'incontrarla. La fidanzata gli si buttava tutta intera tra le braccia come se niente fosse stato. Era fatta così: leggera, anche nel rancore. Restava come un fesso, con tutti i discorsi che si era preparato e che non servivano più. La stringeva a sé e aveva solo voglia di scappare da qualche parte per fare l'amore. Lo facevano nella casa d'una zia di lei che s'era trasferita a Mestre e solo di rado tornava a Roma. Prima d'abbandonarsi a lui, la ballerina, in culotte e reggiseno, stendeva, con cura minuziosa, il suo tailleur su una poltrona. Se ne andava sempre prima del previsto, e prima di lui. «Bacini bacini bacini...» Glieli buttava cinguettante, sulla punta delle dita, per non sciuparsi la bocca, già rifatta col rossetto.

«Non te la vorrai mica sposare?» Assieme al tintinnio della tazzina, gli arrivava la vociaccia della madre. «Eh?! Dico a te, fannullone. Alzati.» Gli portava il caffè a letto, solo per cominciare a tormentarlo. La rabbia le inacidiva la sudorazione, e a lui sembrava che puzzasse più del solito. S'era fatta feroce da quando, pochi giorni prima, aveva scoperto la tresca. Era stata la «secca,» quella beghina della vedova Minestrini, a informarla (il viso immoto, ma quelle mani di cera svolazzanti di giubilo): «Signora cara, suo figlio... suo figlio! Non vorrei darle un dispiacere, ma...» E lei, da donna spiccia che era: «Non si preoccupi, dica dica...» Dopo aver saputo fece finta di niente: «Ragazzate» disse, e tagliò corto. Non dava soddisfazione a nessuno, tanto meno alla vedovaccia. E poi non le piaceva fare ciaccole da serva in mezzo alla strada.

A casa era un'altra cosa. «Una ballerina. Una ballerina...» ripeteva tra sé, china su un daffare. Ballerina le pareva peggio che puttana; molto peggio. Una puttana si sa quello che fa, se la mena tutto il giorno con la stessa scocciatura, ma una ballerina... Una ballerina si diverte, si scoscia, va al ristorante con gli impresari, mangia bene e si tornisce. E intanto si tiene in caldo un tonto, che magari se la sposa pure. È come il gioco della carota con il coniglio, laddove in luogo della carota c'è la fica, e in luogo del coniglio c'è uno stronzo.

«Alzati forza! Vieni fuori dal letto! Mettiti a fare qualcosa, che vi credete...» inveiva – adesso, anche gli altri due figli, che stavano di là a studiare, e il marito già al lavoro in banca, e tutti gli uomini in genere, per lei erano diventati puttanieri – «che vi credete? Che io continui a farvi da serva tutta la vita, mentre voi vi fate i vostri comodi? E no! Vi siete sbagliati.» Lui la lasciava sproloquiare, poi, di scatto, si rizzava in piedi come una belva e con un grido feroce l'atterriva: «Vatteneeee. Vatteneee...»

Nonna aveva sciolto tutti i suoi informatori: una cugina nubile, fina come un velo di cipolla, le gemelle Flora e Fiore, e «il frocetto», amico di famiglia, bistrattato da tutti e tre i figli. Gli elargiva, ogni tanto, una tazza di tè nel salottino buono, sotto il quadro delle cinque giornate di Milano. Le gemelle stiravano la bocca raccontando: «Sì, insomma... Una bella figliola, alta, ma niente di che...» La cugina scuoteva il capo, e sospirava. Il solo a lasciarsi andare era il frocetto. «Due seni... due seni da starci dentro al soffoco... E che eleganza! La dovrebbe vedere mentre cammina, con quei capelli, quelle gambe... Cosa vuole, non se ne vedono tutti i giorni di gazzellone così» spiattellava, facendo le mosse di una sciantosa, mentre già si sentiva lui la bionda divorata dalla libidine degli uomini. «Eh sì, cara signora,» insisteva «deve vedere com'è premuroso il suo figliolo. Prepari i confetti...»

E lei andò a spiarli. Erano seduti all'aperto, in un bar. La ballerina aveva un foulard di voile color pesca. Parlava. Parlava solo lei, cambiando di tanto in tanto il verso all'accavallatura delle gambe. Nonna ebbe modo di guardarla attentamente: il seno era davvero splendidamente raccolto nella scollatura. Ma non riuscì a indovinarle gli occhi, perché la ballerina non si sfilò mai gli occhiali da sole. Vide il figlio aggiustarle la giacchettina di crêpe de chine intorno alle spalle, mentre s'allontanavano: s'era alzato un filo di vento.

«Ma io non ce l'ho i soldi per i biglietti» disse lui, arrossendo davanti alla fidanzata. Era un pomeriggio di pioggia, e si erano riparati sotto la tettoia di un cinematografo. La ballerina voleva entrare a vedere il film. Non le parve così grave: «Ce li ho io» rispose – senza capire che lo stava umiliando –, e infilò la banconota sotto lo sportello della cassa. Nella sala, al buio, lui stabilì verso il respiro profumato che lo lambiva, una distanza piena di rancore.

Si rimise a studiare. Lasciò ingegneria e scelse una facoltà di orientamento umanista. Adesso, quando leggeva, era come se mani addestrate spuntassero fuori dai libri, e lo tirassero dentro per la collottola. Improvvisamente sentì in modo nuovo la voragine che aveva dentro di sé. Fino ad allora aveva tentato di coprirla con del terriccio, per costruirci sopra un basamento di durezza virile. Adesso voleva esplorarla. Le parole scritte si fermavano dentro di lui, e furono le prime parole che non stridessero nelle sue orecchie, le prime che non fossero urlate.

Portava con sé i libri, anche nell'albergo dove trovò lavoro come portiere di notte. Uomini e donne elegantissimi volteggiavano nella bussola della gigantesca porta girevole, che non fermava mai le sue ali di vetro, in un valzer di apparizioni e sparizioni. Tornavano all'alba, stancamente profumati di festa. Lui chiudeva il libro, sfilava le chiavi dalla rastrelliera e le porgeva. Una notte dietro le spalle di Roberto Rossellini, Ingrid Bergman posò le braccia sullo scanno del portiere. I lineamenti dell'attrice erano forti e incisi come uno stampo che deve imprimersi. Non odorava di nessuna festa, pareva assorta e insieme spaesata.

Col primo mensile ancora imbustato, lui si infilò in una profumeria per fare un regalo alla fidanzata. Volle lo stesso profumo che lei si tamponava dietro le orecchie e che sulla sua pelle acquistava una fragranza da capogiro. La commessa gli propose (illeggiadrendolo con le premure delle sue dita dalle unghie laccate di corallo) un flaconcino, per la cui minutaggine lui quasi s'adirò. Ma quando andò in cassa, il viso gli si raggelò scoprendo solo allora la preziosità di quel profumo: per pagarlo, le banconote che aveva in tasca bastarono a malapena.

La ballerina lasciò scivolare il regalino nella borsa, leggermente, come leggera fu la carezza con cui gli sfiorò il viso per ringraziarlo: «Ah! Il mio profumo... Ti sei ricordato...» disse. Stavano fermi sotto la Galleria Colonna. Lui pensava al flacone di profumo affondato nella negligenza di quella borsa. Lei era infastidita dal viavai della gente, si guardava intorno, e aveva una gran voglia di uscire nel cielo aperto.

Finì a ceffoni. Una sera alla stazione Termini, lui fece marcia indietro con la lambretta, dando retta a un sospetto che da tempo gli era cresciuto dentro, abboccando malvolentieri a troppe bugie.

La trovò insieme a un altro uomo: un pezzo grosso della politica che si dileguò come un lepre. Quattro, cinque volte, squassò la testa bionda con le mani infurentite. Poi si fermò e la guardò: il rimmel sotto gli occhi le colava come nero di seppia. La lasciò stare e s'allontanò. S'era saziato abbastanza di quel tipo d'amore. L'ultima cosa che ebbe di lei, furono i suoi tacchetti dietro le spalle: correva disperata sulla pensilina, scongiurandolo di fermarsi. Vittorio si laureò, e lasciò Roma.

(Ma quella sera, al ristorante, la ballerina gli dovette tornare davanti. Con strani occhi mio padre, dopo un interminabile sciorinio di rimembranze, pronunciò il nome di lei. Solo una tovaglia piena di briciole lo separava dal corpo tornito, da buon frequentatore di trattorie, d'un suo amico di gioventù rincontrato per caso, con il quale non aveva più smesso di cianciare e immalinconirsi, complici i goccetti, che insieme continuavano a distillare da una bottiglia d'amaro – mentre io già da un pezzo cadevo dal sonno sul tavolo. «Sì, l'ho vista di recente, per caso... Una vecchia, c'hai presente una vecchia, Vittorio? Ecco una vecchia» disse l'amico, senza alcuna poesia. Pensai, ormai dormendo, allo zucchero filato. Bionde divinità di neve, intocche nella memoria, come la giovinezza a cui risalgono. Arrivano tutte insieme le accettate del tempo, a sciogliere la neve, una sera in trattoria, stupidamente.)

VI

Come per contagio, uno appresso all'altro i figli se ne erano andati. Nonna e il poromo chiusero a chiave qualche stanza, perché la tristezza di quegli spazi vuoti non gli dilagasse negli occhi. Dopo quasi quarant'anni di matrimonio tornavano soli, come due sposini. Potevano sedersi uno di fronte all'altro per ore, e si capivano in silenzio. Senza nemmeno guastare i pensieri in parole. Non avevano rimproveri da farsi. Ognuno carezzava i difetti dell'altro e i propri, con la stessa indulgenza.

La quiete nella quale si compivano i giorni, portò con sé qualcosa di soave e insieme struggente: una adesione coniugale meno scontata, più desta, quasi un improvviso timore di perdersi – ora che a ognuno non era rimasto che l'altro. Per lui fu ancora più difficile. Era andato in pensione, e non sapeva come tenersi occupato. La mattina scendeva a prendere il pane e il giornale, faceva due chiacchiere con il fornaio, con l'alimentarista, apriva inutilmente la cassetta delle lettere, poi rientrava a casa e si sedeva in poltrona. Rimaneva lì, con il giornale ripiegato sulle ginocchia e gli occhiali in mano, a intristirsi. Anche la più breve solitudine lo infermava, andava a cercare la moglie là, dove la sentiva tramenare. Lei non ne era infastidita; anzi. Spesso se lo chiamava vicino, ché adesso aveva più premura per lui: «Vieni, vieni in cucina al caldo.» Il poromo non sapeva trattenersi, e la più sfrontata delle sue mani s'avviava verso la testa canuta della moglie: «Ciafruglietta, ciafruglietta» la chiamava, come da ragazza.

Evocata da un desiderio diavolaccio, la giovinezza riaffiorava. Ora che mai più sarebbero stati gli stessi di allora: lei così appallottata di ciccia balorda, lui lungo, magro strinato, e curvo come una fionda.

Assomigliavano, loro due, alla località termale (serraglio di pozze, polle e sprilli d'acqua) dove trascorrevano brevi periodi di vacanza ad abbeverarsi. Ci andavano sul finire dell'estate, a settembre. Mattini meravigliosi scolorivano all'ora di pranzo: il cielo sbiancava in nubi sottili, che si rovesciavano in fretta. L'acqua scendeva nei corpi, e fuori scivolava sui vetri. Erano avvolti da un tepore bagnaticcio come la malinconia senile.

Li vedo, attraverso il bicchiere con la decalcomania delle terme. Adesso è mischiato con gli altri in cucina. In questo bicchiere non credo che nonna abbia bevuto granché. Di sicuro molto meno del poromo. Perché a lei l'acqua è indigesta: «Sciacqua le budella, e porta via la sostanza dal corpo.» A nonna, delle terme, piacciono i cambi d'abito per la cena, l'aperitivo e i caffè con le orchestrine. Li vedo nel verde, seduti davanti a un tavolino ad ascoltare la musica. Gente vestita di chiaro passeggia e muove la bocca al rallenti. Si odono strida infantili. C'è odore di terra bagnata, e gli abiti estivi non paiono bastare, sulla pelle increspata dai brevi soffi del vento. Li vedo al declinare del giorno, scesi per la cena nella hall dell'albergo, ampia e screpolata come una piscina vuota. Nella sala da pranzo consumano il pasto della loro mezza pensione, lo commentano sottovoce, come ogni sera. Vedo di notte, nel chiarore affaticato d'una luna che si va svuotando, l'interno della loro camera. La porta aperta del bagno, la goccia d'acqua che stenta a formarsi attorno alla bocca del rubinetto. Vedo, appesa al muro, la riproduzione di una natura morta: ogni pennellata un petalo. Sotto, sul letto, il loro sonno fino, raggomitolato su un fianco.

Da che il tribolo era finito e la vita s'era mondata della sua scorza di preoccupazione, il poromo si concedeva il lusso di sognare e di fare progetti. Non gli importava che il tempo, rimasto per realizzarli, fosse poco. Anzi, era proprio questa consapevolezza ad accrescerne l'urgenza e il bisogno. Non avendo mai avuto modo di pensare a se stesso, la vecchiaia ora gli pareva un territorio sgombro, dove volteggiare in levità.

Il suo sogno era il mare. Andarsene all'alba sul bagnasciuga (il capo coperto da una paglietta sbertucciata) in cerca di telline e cannolicchi con un bastoncello tastatore. Andarci anche di notte, giacché il sonno si raccorciava sempre più, e scendere – i pantaloni infilati sul pigiama – un viottolo tra sibilanti ginestre, per strofinarsi nelle mani la sabbia: umida in superficie, ma dentro ancora imbevuta di sole.

Il mare era per lui il respiro, il respiro finale. Lì davanti i suoi pensieri si sarebbero liberati. Cosa vuoi che gliene importasse a un pezzo di marina accogliere il corpo accovacciato di un uomo anziano – mento sulle ginocchia – a scrutare in fondo l'orizzonte dove cielo e acqua si congiungono. Il mare avrebbe ascoltato le paure di Gioacchino, quelle idiote, insolubili domande, che ora si faceva di nascosto da tutti. (Da dove vengo? E che cosa significa morire, e non esserci più, mai più?) Non tollerava come sfondo a questi strazi notturni, il comodino in camera da letto, il bicchiere d'acqua con l'idrolitina, la sveglia ferma sulla notte. Voleva le onde che si fanno e si disfano all'infinito. Il mare gli risvegliava la percezione d'una vita anfibia, prenatale. Lo sentiva avvolgente come quel ricovero uterino, da cui s'era staccato tanto tempo fa, e dove avrebbe desiderato tornare. Morire, entrando nel mare. Così, forse, con la risacca, anche lui sarebbe riemerso da quell'inghiottitoio acqueo, sul bagnasciuga d'un'altra spiaggia, insieme ai sedimenti marini: i vetruzzi levigati, i pezzi di legno catramosi, i filamenti delle meduse. Fino a diventare una spora portata dall'aria, che andrà a germogliare chissà dove, lontano.

Non aveva più voglia di vivere in città. Cercava sul balcone il primo sole, perché la natura – almeno quella – gli sembrava equanime. Così la domenica spingeva la moglie recalcitrante verso Fiumicino. Diceva, per invogliarla: «Andiamo a mangiarci due pescetti fritti.» Lei non sopportava le occhiate languenti, che lui le scendeva addosso. Le si aggricciava la pelle soltanto a pensarci: loro due a scavare una sola conca con i culi su una spiaggia deserta. Odiava il mare, le sue spume, i suoi refoli salsi, e, in genere, tutto ciò che la metteva in disordine. Mangiati i pescetti, andavano a passeggiare sulla spiaggia battuta dal vento. Lei si toglieva le scarpe e le teneva in mano. Allora sentiva l'immensa forza di quella parte acquatica di mondo, nemica della sua ritenutezza, dei suoi piedi asciutti. Resisteva un poco, solo per fargli piacere. Ma intanto fremeva tutta: «Andiamo, andiamo che ho freddo...»

Le succedeva di non capirlo a tal punto, da arrivare a odiarlo, quasi che quella voglia marina al marito gli crescesse dentro contro di lei. Gioacchino prese coraggio una sera, e si azzardò a tenerla per mano, dicendole: «Cara, sogno sempre il mare. Sempre. Vorrei che ce ne andassimo da Roma.» Lei rimase a scrutarlo come un alieno. Poi gli piantò un grugnaccio zitto per tanti giorni. E già! Chissà da quanto se lo coltivava quel sogno, senza confidarglielo, andandoci e riandandoci con la sua calva zucca da bancario. Se li trascinava anche dentro al letto che divideva con lei, i suoi commerciucci onirici, e al mattino ripigliava a frequentarli davanti alle prime due dita di caffè.

Ma non se la sentì di negarglielo questo sogno, gli voleva bene, e poi, poromo!, in tutta la vita non aveva mai chiesto niente. «Io ci verrò d'estate e per le feste, ché il mare d'inverno mi rannuvola» gli disse, quando lui, dopo tanto andare e indagare, comprò quel pezzo di terra a Lavinio. Su progetto del figlio maggiore – ormai ingegnere – ci costruì sopra una casona quadrifamiliare di color grigio rosatello, nella quale pensava di riunire d'estate l'intera famiglia. Desiderava una colonia di nipoti e guardava con incanto le pance delle nuore che cominciavano a sbilanciarsi in avanti.

Giacchino non volle, per nessun motivo, abbattere le vecchie conifere – patrimonio secolare del suo pezzo di terra –, così il breve giardino che correva intorno alla casa, rimase gremito di fustacci squamosi carichi di resine balsamiche. Sotto tanta ombra non cresceva nemmeno un filo d'erba. Sul davanti c'era un bello spiazzo biancheggiante di ciottoli, e, nascosto da una fila d'oleandri e di pittospori profumatissimi, un piccolo orto con un pozzo a puleggia. Qui, in poca terra chiara e brulla, il poromo piantò ogni verdura, scrutando con cipiglio divinatorio la faccia della luna, così com'era scritto sul calendario dell'ortolano, appeso in cucina sotto un graspo di peperoncini.

Durò solo una stagione, ma in mezzo ci fu Natale. Il suo Natale migliore. Vennero i figli con le mogli. Lui già non stava bene. Fece un presepio di cartapesta, tutto con le sue mani. Lo posò all'ingresso, su un tavolino foderato di muschio. Accanto mise i ricciarelli e il panforte. Dal soffitto fece scendere un cielo di carta indaco, pieno di stelle.

Se ne sortì dalla vita a Roma, una mattina di primavera. Le aveva chiesto di spalancare le finestre. Il sole nuovo indorava la loro camera da sposi, penetrava nella brocca d'acqua polverosa della notte, scaldava i pomelli e la testata di ferro battuto del grande letto matrimoniale. Di quel letto Gioacchino occupava, scarnamente, solo una estremità, la più vicina alla finestra, che da sempre era stata la sua. Il corpo steso e liscio, la testa affogata di febbre, guardava il soffitto incoronato dai riccioli di gesso degli stucchi e il lampadario di cristallo. Gli sembrava che al lampadario fosse appesa la stanza, e che insieme girassero e volteggiassero.

Un graffio di bicchiere contro il vassoio di metallo, interruppe quella giostra. Abbassò lo sguardo, e vide la moglie entrare nella specchiera del comò. Nelle mani, il vassoio con l'acqua fresca e le medicine. Due occhi spersi nelle loro cavità: occhi da tempo di guerra, di bestiola abbagliata, dentro i quali lui riconobbe il proprio destino. Ignara d'essere guardata, lei stava immobile. Un po' in ritardo – di solito si fermava fuori dalla stanza – s'era presa quella pausa per dissimularsi, in modo d'andargli incontro con un'espressione serena. Quando s'accorse che lui l'aspettava nello specchio, era già troppo tardi. Sussultò di fronte all'agguato. Ma poi fu subito sincera, e sbarazzarsi di quel viso artefatto fu per lei una liberazione. Non le era mai piaciuto mentirgli. E adesso gli recava l'estrema confidenza: non c'è più niente ch'io possa fare per te, più niente. Tra poco sarai solo, amore mio.

Continuarono a dialogare attraverso quell'anta del comò. Leggeri, solo con l'anima. Due doppi. Lo specchio li distanziava dalla loro materialità corporea, bastava scagliare qualcosa, frantumarlo, e loro non ci sarebbero stati più.

Quando lei uscì dalla specchiera fu come, al risveglio, la prima volta che si amarono. Anche allora fecero finta di niente, ma non erano più gli stessi: nei recessi dei loro corpi continuavano a sentire, senza scampo, il rimenio di quella intimità. Si avvicinò al letto, posò il vassoio sul comodino, e mentre gli tastava la febbre sulla fronte, pensò che avrebbe potuto stringergliela tutta con una sola mano, la testa, tanto s'era fatta piccola. Cercò sul guanciale suo figlio Paolo, quello morto di tifo. Era passato tanto tempo e ancora se lo chiedeva, e mai avrebbe smesso di farlo: «Come si può sopravvivere alla morte, come si può?»

Stava curva sul letto. Una ciocca scarna di capelli le ricadeva dal capo. Lui sentiva lo sguardo ungersi d'un olio che colava a poco a poco, e in quell'oleosità scorse un'ombra: era la ciocca che gli pencolava sugli occhi. Sorrise, quasi a dovergliela ravviare di lì a un attimo. E fu come quarant'anni prima. Vide lo stesso biondo opaco, troppo odoroso, della moglie ragazzina. Lei seguì quello sguardo palustre nel delirio, e trovò la propria misera ciocca. Solo per un attimo. Poi, tornò sul viso del marito: era morto.

Non pianse. Rimase con il poromo molto tempo, in silenzio. Mano nella mano, lo accompagnò per un tratto nel suo viaggio. Stava immobile sulla sponda del letto, ma non era lì. Si era separata dal globo terracqueo e da se stessa. Vedeva il proprio corpo e quello del marito dall'alto d'uno strapiombo immenso. A poco a poco, la scena s'allargava, i corpi, lì sotto, diventavano sempre più piccoli e intanto loro due montavano su nell'azzurrità del cielo. Poi la sua mano fu vuota e lei ripiombò dentro la propria corteccia sul letto. La ciocca che continuava a rigarle lo sguardo dilatato non le apparteneva più, era raffia, stoppa di fantoccio. Orfana, pencolava tra i loro visi immoti, e quell'orfanità, appesa nel vuoto della morte, era tutto ciò che di loro due restava.

Il poromo toscano rimase addosso a lei, sul suo macero decolté, in una gabbietta d'oro, accanto a un dentino da latte del figlio morto. Il lutto che nonna indossò, fu quello di una donna già avanti con gli anni. Un lutto senza vanità. Abiti fatti con scampoli da poche lire, che al sole si riempivano di venature verdastre.

Morendo, il poromo toscano lasciò in terra il suo sogno marino. Per un lungo periodo nonna abbandonò la casa del mare alle angherie del salmastro. Al solo pensiero di ritornarci, il cuore non le reggeva. Anche l'appartamento di Roma le ricordava il marito, ma era diverso. Sembrava che gli oggetti (e i vestiti, ancora tutti nell'armadio) si fossero disanimati insieme a lui con lo stesso ritmo graduale. Ogni cosa, aveva avuto modo d'acclimatarsi alla sua andata via. Complici le lunghe sedute di rosario in cui lei si raccoglieva, questa casa aveva già fatto il salto della rassegnazione. Era limata e vuota, come se fosse stata attraversata da una tempesta di sabbia. Ma era anche intenta come un santuario.

A Lavinio, non sarebbe stato lo stesso. A scancellare la vitalità dell'uomo, non era passato il colpo di spugna della malattia. La casa non s'era accomiatata da lui; anzi, l'ultima volta del poromo fu uno scroscio di persiane festanti, ché doveva tornarci la domenica appresso. Il rastrello, le sementi, gli zoccoli, stavano ancora lì, come li aveva lasciati lui.

Toccò ai figli sgombrare. E solo quando lei avvertì, che il tempo l'aveva sottomessa al dolore, ritornò nella casa del mare. Pianse gironzolando in quella vastità, intrisa di vecchi odori muffiti. Desiderava disfarsene in fretta, ma non riuscì a sparecchiarla del suo carico sentimentale. «Non lasciarla marcire, andateci mi raccomando. Vacci coi ragazzi!», aveva implorato Gioacchino durante la sua malattia. E così le restò sulla groppa, quella casona troppo grossa, troppo oscurata dalle piante, che fatalmente sarebbe andata, poco alla volta, deteriorandosi.

Per ammortizzare le spese, d'estate cominciò ad affittare gli appartamenti, conservando per sé, solo una piccola zona, con ingresso indipendente. A mezzogiorno sotto la calura implacabile, di ritorno dalla spiaggia (con zoccoli e copricapo a cencio), penetravano nel giardino, famigliole allegre con le quali nonna stringeva amicizie che continuavano anche d'inverno. Sovente, per sgravare i suoi ospiti dalle lagne di certi bambinetti rosolati dal sole, si metteva lei stessa a imboccarli, accanto alla bougainvillea, accosciata su un materassino di gomma.

Scendeva al mare di rado, al mattino presto, per farsi il bagno quando ancora non c'era nessuno. Sapeva nuotare, aveva imparato a Ostia da ragazza. Pareva un cane: l'acqua immobile intorno, e la sua capoccella con la cuffia di plastica a fenderla. Poi riaffiorava sul bagnasciuga con il costume di lana, che non la smetteva più di pisciare. Si cambiava subito, e rimaneva a prendere un po' di sole per le ossa.

Quasi sempre però, se ne stava al riparo. Approfittava della frescura dell'alba o del tardo pomeriggio per faticare in giardino, preparando le bottiglie con la conserva di pomodoro, e rinfrescando il mattonato intorno alla casa. Per il resto lavorava dentro. Raschiava via il nerofumo dai pentoloni d'alluminio, spargeva nei vani delle porte e delle finestre la polvere bianca contro le formiche, preparava e imballava scatoloni di ciarpame, ammucchiati lì, insieme a vecchi mobili ed elettrodomestici che i figli volevano buttare. La sua residenza estiva si era trasformata in una propaggine dello sgabuzzino e dei terrazzini romani.

L'aveva tanto avversato questo sogno al marito, e adesso se ne sentiva ancora più in colpa, perché – pur senza mai ammetterlo – ci si trovava bene a Lavinio. Poteva salire e scendere, sciatta, a piedi nudi, in spazi inusitati; sentendosi dentro un richiamo arcaico da animala, che le ricordava le vacanze estive al paese, quando nella controra se ne andava con la sorella a rovistare nei pruneti e nei noccioleti, o quando, nella piazza dei fontanili coperti, partecipava ai bucati stagionali, lavando la sua biancheria, tra i culoni (appaccati di sottane) delle comari.

Anche d'inverno apriva la casa, almeno una volta al mese. Le persiane pisolavano nei telai divenuti troppo stretti. Lei faceva stridere la ruggine tra i cardini, e ribatteva forte gli scuri, all'esterno, contro l'intonaco che veniva via. Dormiva nel deserto di quel luogo balneare, senza paura. Non trovava mai le coperte, e s'avvoltolava nelle umide mucose di qualche copriletto estivo. Al mattino, la macchinetta da caffè sbuffava, sotto gli ultimi singhiozzi della bombola a gas. E lei già spazzava via dai pavimenti la polvere leggera, e dalla terrazza, su cui sciamannavano le fronde, gli aghi di pino. Dal mare, il vento, spandeva gli odori salsi, del timo, dell'origano, dello spigo. Nonna guardava, oltre la sghemba barriera di pini marini, le bave bianche di quella murena azzurro cupo che s'agitava sul fondo. Appena sentiva un po' di inquietudine, appendeva il grembiule dietro alla porta, si rimetteva il cappotto, e andava, carica di buste con i panni sporchi e le pigne, alla fermata del pullman. E che la salsedine, dietro di sé, seguitasse pure il suo lavorio.

L'ultimo inverno fu pieno di piogge e gelo. Gli alberi, non potati da diverse stagioni, s'afflosciarono sulla casa, e un tappeto di foglie marcì sotto le tegole. E quella putrefazione penetrò dal soffitto. Il pensiero di dover, ancora una volta, rifare il tetto, la scoraggiò. Il poromo avrebbe capito. Mise un annuncio sul giornale e si sbarazzò per sempre della casa di Lavinio.

Nel frattempo aveva lasciato anche l'appartamento di famiglia, e s'era trasferita in un tricamere con doppi servizi nel quartiere Africano. Portò con sé tutto quello che le riuscì. E il nuovo appartamento, così come io lo conobbi, assunse la fisionomia di un mobilificio per aste o svendite. Un bazar che rifletteva fedelmente la personalità della sua inquilina. Sul secretaire, in camera da letto, posizionò le foto dei suoi amori defunti. Il poromo aveva una bella cornice di onice, e un'aria distinta. Lei prese l'abitudine di conversare con lui assiduamente, molto più di quanto non avesse fatto in vita. Gli si confidava con immenso piacere, trovandolo d'accordo su tutto, per zitto che era. Anzi, come appartenente alla schiera dei beati, lo aveva anche promosso di grado, e lo evocava con il nuovo appellativo di «santomo.»

Quando pensava alla propria vita, la divideva per quattro. Prima l'infanzia e la giovinezza in casa dei genitori; subito dopo, la vita matrimoniale e i figli; poi quel frammento, breve ma intenso, di lei e il marito da soli; e, infine, la vedovanza. Era stato un lento procedere verso lo spopolamento. Eppure, questa quarta e ultima trancia di vita, che sulla carta avrebbe dovuto essere la più triste, avvolse nonna con grandi aeree braccia e la sollevò nel cielo della leggerezza.

Lei si ribellò con tutte le sue forze al bigiore dell'età, conficcando nel mondo due occhi da gazza ladra, sensibili a ogni sfavillio. Con i soldi ricavati dalla vendita della casa al mare, s'era riposta in banca la tranquillità. Dopo i mesi di lutto stretto, e un periodo di mezzo-lutto, il suo guardaroba si vivacizzò. Tessuti dalle trame cangianti, smerli, vistose fantasie con verdure, uccelli, pois, fasciavano il suo corpo contenuto in uno stringi buzzo pieno di stecche. Anche la sua sessualità le dava meno fastidio. Uomini e donne invecchiando si assomigliano: l'asta si rinsecchisce e non s'impertica più, gli interni uterini si prosciugano. Tutti i connotati femminili erano ormai preda della sua carne anziana che aveva riempito ogni curva.

Seguitava però a vantaggiarsi del suo sesso attraverso il ruolo matriarcale, di cui ormai faceva spudorata professione. In visita dai figli, infilava le sue manacce in ogni intimità: nei cassetti, nei canterani con i panni da stirare, e negli stessi sguardi che moglie e marito si scambiavano, al colmo della tensione, per quella presenza scriteriata. La mettevano a capotavola e lei si rimpinzava. Bevendo, due impronte rosse di vino le si stampavano ai margini della bocca, tra la peluria. A noi nipoti perdonava, con una clemenza assai rara in lei, il porcaio che spargevamo sulla tavola. D'altronde educarci non era compito suo. Di noi quattro sorelle, che abitavamo in campagna, apprezzava i modi selvatici, scontrosi. Salutavamo il suo arrivo circondandola. Lei rovistava nella borsa e spargeva, come becchime, caramellacce sfuse, che avevano il sapore del cuoio e dell'osso unto dei suoi occhiali. Il primo ricordo che trattengo di lei è olfattivo: l'odore della naftalina e dell'acqua di colonia, di cui era impregnata la stoffa sintetica (rumorosa come carta) dei suoi abiti dentro i quali sudavano le ascelle eternamente umide; l'odore della bocca, quando, per farmi le feste, sgranava i denti tutti uguali della sua protesi; l'odore ruvido del palmo della sua mano che mi strigliava la faccia.

Durante le visite a casa nostra, la campagna esasperava la sua congenita agitazione. Chiedeva un paio di stivalacci di gomma e s'aggirava nella melma escrementizia del pollaio. Scovava le uova, raccattava le ciotole luride e si metteva a raschiarle sotto l'acqua. Le abbisognava un servitorello. E toccava a me trottarle dietro, mentre lei mi faceva l'interrogatorio.

«Che hai mangiato ieri a mezzogiorno?»

«Spaghetti.»

«E poi?»

«Basta.»

«E l'altro ieri a mezzogiorno?»

«Spaghetti.»

«E la sera che mangi?»

«Il tè.»
«Come sarebbe a dire il tè! Il latte?»
«No, il tè.»
«E dormi, cara?»
«Sì, dormo.»
«E non sei nervosa?»
«Sì, sono nervosa. Ma di natura.» E la guardavo con losca omertà creaturale, per farle intendere di smetterla, che eravamo sole nella concimaia e avrei potuto infilzarla col forcone della merda secca. Lei pagava il prezzo per avere salva la vita cacciando fuori dalla tasca un ciuffetto di velo spiegazzato pieno di confetti. Confetti che riportava dal paese d'origine dei suoi genitori, in Ciociaria.

Ci tornava solo di rado al paese, per i matrimoni o per qualche festività religiosa. Sul treno, aspettava che dal finestrino apparissero le valli e le colline frumentarie, ch'erano state di suo nonno Sauro, poi guardava su, verso la rocca, attorno alla quale adesso s'era spanto, con palazzine a schiera e altre brutture, il paese nuovo.

Un parentame, quasi sconosciuto ormai, l'accoglieva come una regina. Molte tradizioni s'erano conservate. Su tutte, l'enfasi culinaria dell'avo Cerquaglia. La preparazione di un pranzo di nozze durava settimane. Le donne lavoravano ininterrottamente, ricoprendo di cibaria ogni angolo. Sfilze di polli arrosto dal collo mozzo e sbruciacchiato, stavano stratificati sulle palanche, insieme a tegami di cacciagione, a casseruole con peperonate, umidi e stufati. Le sfoglie di pasta erano appese ad asciugarsi in ogni angolo delle case, e anche fuori se c'era il sole. Avventurandosi nelle cucine, tra vapori, e sbruffate di farina delle donne intente all'impasto, nonna s'aggiornava sulle trame del paese.

Non mancava mai di far visita alla Gigiotta, una parentuccia storpia che abitava tutto il giorno una sedia dalle zampe mozzate, davanti alla porta della sua casa. Quando, per fare festa a nonna, Gigiotta s'alzava a prendere il rosolio, la sua statura non superava quella della seggiola mozza. La testa era brutta, ma di proporzioni normali, e dal collo secco il busto s'allargava sulle natiche come una trottola, da cui spuntavano due gambe arcuate e tronche. A incarcarla così era stato il solito peccatuccio di gola. Da bambina, unica vezzeggiatissima figlia, i suoi genitori la ingozzavano a tal punto che dopo mangiato, per paura che scoppiasse, dovevano caricarsela di peso con tutta la seggiola (al pari d'una santa in processione) e depositarla sul letto, accorti accorti. Giorno dopo giorno, sotto la sòma di quel pancino sempre aggravato e teso come un tamburo, le gambe di Gigiotta s'erano storte e arrestate nella crescita.

E bene avevan fatto ad andar piano nel coricare la Gigiotta, i suoi savi genitori, perché in paese esplodere non era cosa insolita. Accadde a Lorenzo Chicchero, che lo trovarono, nella nebbia, spanzato vicino al fiume, dov'era andato a cercare refrigerio. Aveva sempre caldo Chicchero, e a chi, incontrandolo, durante una gelata, alle fontane o al fiume, lo salmodiava: «Vestiti Chicchero, che t'ammali» lui rispondeva: «E che, tu al muso senti freddo? Ebbè, io so' tutto muso...» Chicchero si spazzolava venti uova e otto chili di pastasciutta al giorno, poi le carni, il vino, e tutto il resto. Morì, per l'appunto scoppiando, la notte della festa patronale, dopo aver vinto la gara della trippa.

Viaggiare, fu l'ultima passione di nonna. Cominciò con qualche breve pellegrinaggio europeo in torpedone, appresso a un'amica. Prima d'allora non aveva mai lasciato l'Italia. Per lei il mondo era stato solo il globo, che per anni aveva girellato sotto il suo straccio da spolvero, in camera dei figli. Poco per volta acquistò dimestichezza con il passaporto, i depliant, i biglietti aerei. Si fermava incantata davanti alle vetrine delle agenzie di viaggio a guardare i grossi jet di cartone, con l'hostess sorridente in cima alla scaletta. Leggeva i prezzi, le offerte speciali, e tutto l'incuriosiva: grattacieli e cupole d'oro, sabbie bianche con palmizi e montagne rocciose. Scrutava a uno a uno i volti esotici accalcati nelle fotografie. Alla fine si lasciò tentare dagli arabi e andò a Tangeri, dove s'era trasferito Vittorio.

Al mattino prendeva una corriera e passava tutta la giornata sotto il solleone a gironzolare per la città senza meta, scortata da un piccolo esercito di ragazzini scuri, uno sciame di calabroni, che la seguiva ovunque andasse, in cambio di poco o niente. Tra le case bianche di calce, nonna scivolava in un tempo rilasciato e sensuale come i fianchi delle donne arabe, che avanzavano placide sotto il peso delle terrecotte fresche d'acqua sulla testa. Poi le bastava voltare un angolo, perché tutto diventasse più stringato ed eccitante. Tonache in fuga nella casbah, serragli di uomini stretti e temibili, e il mercato di Tangeri, in cui lei ritrovava un poco del suo medioevo. Bestie, vasellame, ferraglia, indumenti, stregoni: tutto alla rinfusa, sparso per terra. Gli arabi si scambiavano ogni cosa, il denaro compariva quasi mai. C'erano mucchi di calzini spaiati, pieni di buchi; le donne s'accovacciavano per terra e tramestavano nel mucchio. C'erano fabbri dentisti che cavavano i denti per strada, con un focaraccio per sterilizzare la pinza e una palla d'oppio, che passava di bocca in bocca, per anestetico. Nonna scrutava il grosso barattolo colmo di denti che i fabbri dentisti conservavano, e mangiava ciambelle fritte, scure e appiccicose, comprate per strada.

Al mercato scovò un parrucchiere marocchino, e si lasciò coprire la testa con un intruglio di fango e di erbe che le infuocò la canizie. Poi un pomeriggio si smarrì nella casbah, e mancò l'ultima corriera. Vittorio la dette per morta. Andò a cercarla con Fatima, la domestica scalza. La ritrovarono a notte fonda: era riuscita a farsi condurre fuori dalla casbah da un arabetto, e se ne tornava a casa a piedi, esausta, ma tranquilla. «Non c'è da aver paura...» disse «qui si cammina sul velluto, non è come a Roma... Poi nella borsa non c'ho niente!» L'aprì e la mise sotto i musi del figlio e della Fatima: «Credete che sono scema? I soldi me li sono messa in petto...»

Si buttava allo sbaraglio: questa era la sua forza di viaggiatrice. Detestava geografie, musei, monumenti e tutto ciò che era stato sepolto. Gli occhi li teneva ad altezza d'uomo. Era lì che appuntava la sua curiosità. Sceglieva sempre itinerari faticosissimi e non si fermò più. Andò in America, in Africa, in Cina. A noi bambini riportava pantofole di carta, saponettine, cuffie da bagno, piccoli completi per la pulizia delle scarpe e per il cucito, marmellate della prima colazione: tutte cose che racimolava negli albergoni ad alveare, dove si coricava. Dal Giappone tornò con lo stesso regalo per tutti e tre i figli: un piatto stampato, che la immortalava, incelophanata dentro un impermeabile trasparente usa e getta, davanti al tempio di Kioto.

Una sola volta, per il mio tredicesimo compleanno, s'azzardò a portarmi con sé in un viaggio, e fu per andare in Sicilia, da una sua amica che mi stipò di cassate e di pastasciutta alla Norma. La casa era circondata da un giardino profumato di magnolie e zagare. C'erano troppi corridoi affrescati, e poche stanze. Io fui sistemata insieme alla dama di compagnia.

Faceva caldo. Nemmeno la sera si respirava. La dama di compagnia, nubile magrissima e tutta aquilina, era matta. Accendeva la radio, e si scioglieva i capelli con un gesto felino: capelli biondi e tanti che le ricadevano addosso. «Guarda, vista da dietro sembro una bambina di quindici anni, non è vero?» diceva, ispirata, ballando per la stanza, al ritmo di una samba radiofonica. Le rispondevo di sì. Ma i suoi capelli giovani e quella zampa ossuta che protendeva fuori dalla sottana nera, come un'antenna erotizzata, mi facevano orrore, sapendola decrepita nella metà celata del suo sembiante. Si rigirava e rideva, rideva volteggiando il capo, e si rovesciava tutti i capelli sulla faccia. Correva ad abbracciarmi, grata: «Baciami baciami baciami...» sussurrava, con cadenza e alito siciliani.

Cercavo, per quello che potevo, di ritrarmi dalle sue effusioni. Lei non me ne voleva: «Vieni» mi chiamava «che ti porto a vedere la luna.» Mi trascinava contro la ringhiera bombata dell'immensa terrazza sovrastante la casa: «Guardala! Guardala bene, la luna di Sicilia, non ce n'è altre così al mondo. Questa luna mi parla, mi carezza...» E lungo le guance vizze i suoi occhi lasciavano cadere lacrimoni staccati, da bambina.

Non vedevo l'ora d'andarmene. Sotto l'Etna nonna mi caricò di pietre vulcaniche. Avevo un muso lungo fino a terra. Lei si sciolse dal braccio dell'amica, e mi sibilò nell'orecchio che, se non l'avessi smessa con quella manfrina, mi avrebbe caricato anche di botte. Ma io ormai ero stanca del viaggio, della dama di compagnia, delle cassate. E poi davanti a me camminava una ragazza altissima, con lunghi stivali da moschettiera, a tacco alto e sottile. Guardavo i miei piedi chiusi nelle scarpe da maschio, e mi veniva una tale tristezza, al pensiero che mai nella vita, avrei posseduto un paio di stivali così. Quella sera nella casa siciliana comparvero le mie prime mestruazioni.

VII

È estate, dopo pranzo. Di là, nonna sta riposando. Gironzolo nel corridoio seminuda, sudata. Passo davanti al bagno piccolo e sbircio dentro: nel semicupio, appollaiati nel catino di zinco, ci sono i suoi mutandoni. Questo bagno è il luogo più fresco di tutta la casa, il più raccolto nell'ombra. Dal lucernario, una fascia di luce scivola tra le pieghe dei mutandoni sporchi. L'incontinenza senile le capita sopratutto d'estate, quando assetata s'ingozza di frutta. La vedo che fugge, con le mani sulla pancia, a chiappe serrate. Non va mai nel bagno oblungo e smagliante, ma s'infila in questo bagnetto – con la lavatrice, la vasca mozza, le scarpe allineate, lo stenditoio –, perché le sembra un latibolo più confacevole alle sue escussioni turbolente.

Le mutande abbandonate lì, sono conseguenza di una disattenzione: se le sarà sfilate mentre era ancora seduta sulla tazza, e le avrà lanciate nel catino di zinco per lavarle subito. Poi, forse, sarà andata nel bagno grande a farsi il bidet, e le saranno uscite dalla mente. Le macchie sono piuttosto chiare, come quelle che lascia un bambino. Nell'afa estiva – per un giro volubile di pensieri –, mi domando di che colore fosse, invece, la merda più celebre della famiglia: quella che Restituta, la sorella pazza di Monda, depositò nella lucerna del marito maresciallo, al culmine di un litigio. Il maresciallo conservò il copricapo, ben attento a non alterarne la lordura, affidandolo – quale prova inconfutabile a proprio favore contro l'infida moglie negli atti processuali di famiglia – alle mani più bianche e intemerate del casato: quelle di Vilde, sorella nubile di don Sauro. Vilde Cerquaglia rimase l'unica depositaria dello scandalo fecale. Mi chiedo se abbia mai pulito la lucerna, o se l'abbia riposta, intatta, in uno stipo. Magari, avvolta nella carta velina...

Alla fine di quell'estate, nonna cominciò a mettere via gli abiti leggeri, per far posto alle flanelle e ai primi golfini. S'era affacciato nel cielo un bel sole pulito, e, dopo aver ingollato un'intera caffettiera di caffè, lei decise che avrebbe dato di mano a una catasta di lenzuola e indumenti sporchi.

Tra i panni ce ne sono di batista e di sangallo, e lei procede oculata, ripassando con un pezzo di sapone, a secco, le ombrature nei colletti e le macchie di frutta. Lascia in ammollo alcuni capi più intimi e stipa il resto nel cestello della lavatrice. La roba è tanta. Lei vuole spicciarla tutta in giornata. I lavaggi marciano, uno appresso all'altro, e il tremito sferragliante della centrifuga rimbomba nel bagno. Dispone in terra, fino al terrazzino, un sentiero di stracci, che s'infradicia presto, e pure la sua vestaglia è imbevuta d'acqua e le si appiccica alle gambe. Prima di stenderli, sgrulla i panni e li allarga con energia, così da risparmiarsi un po' di fatica, quando dovrà stirarli. Affonda il ventre zuppo sulla ringhiera, per far scorrere nelle carrucole i fili della stenditura. Con una mano regge il lembo dei panni e con l'altra appunta le mollette di legno che tiene infilate in bocca. Quando smette di sporgersi, le gambe sono in preda al tremito. Torna dentro per caricarsi un altro bacile.

A sera, sul filo s'animano asciutti diversi bucati. Lei sta

ancora in bagno a tramestare. Solo adesso, una bella stropicciata sul viso con la mano bagnata, la libera del fastidio di qualche capello spurio che l'ha tormentata tutto il giorno. S'asciuga il volto abbassandolo dentro una spalla, e resta ferma a riflettere. Il problema è l'acqua, quella bella acqua saponata, quasi pulita, spurgo di lavaggi leggeri. Non ha avuto il cuore di farla andare giù nel fiotto dello scarico. L'ha conservata nella vasca mozza e nel catino di zinco, che è lì in un canto a far «acqua cheta.» Poggiata contro il lavandino assiste al silenzio palustre dell'acqua torbida con un bordo schiumoso, dentro le pareti verdastre del catino: un gigantesco batrace nell'ombra del bagnetto. Ha previsto di farne uso per sgrassare i balconi. Solo così il lavoro le parrà compiuto.

«Forza, l'ultima fatica! Non si manda sprecato il bene di Dio. Ho fatto quaranta, farò quarantotto.» E già trascina il catino nel corridoio. Per non rigare il pavimento cerca di sollevarlo, ma pesa talmente che subito rinuncia. A strattoni raggiunge la soglietta di marmo che separa il pavimento dall'ammattonato del terrazzo. Abbandona il catino in bilico, mezzo dentro e mezzo fuori, mentre va a cercare lo scopettone di saggina. Poi lo svuota. L'acqua scende nel cortile con un fragore secco, come uno strappo. Terminato un balcone, passa all'altro: spalanca la vetrata, tira su la serranda, e via da capo.

S'è fatto buio. Accende una luce in camera da letto, che sbrilluccica sul terrazzino bagnato. Ha i piedi e le mani esangui, macerati dall'acqua. La pelle le si rapprende per il freddo. Toglie dal cellophane lo scialle di lana lilla e ci si stringe dentro. La politezza lasciata fuori sui balconi, dovrebbe darle serenità. Non stasera. Sente la testa pesante, costretta nella sfera cranica, e i pensieri, come belve in cattività, le azzannano il teschio. Vorrebbe farli uscire: ma non può. È inquieta, avvilita. Potrebbe starsene raccolta sotto lo scialle, ripercorrendo con soavità quella lunga giornata di lavoro, ora che anche gli stracci riposano nel secchio. E portarselo appresso in sogno tutto il fradicio. Scese le palpebre, l'acqua potrebbe scorrere tutta la notte dai rubinetti, traboccare dai lavelli, dal bidet, dal semicupio, dalla vasca grande, inondare le stanze, e lei galleggerebbe su quella laguna, asciutta e calda, con il suo letto. E poi domani, di tutta l'acqua e di tutta la stanchezza, non rimarrebbero che cispe da scollare via con un dito: prima un occhio e poi l'altro.

Va a schiacciare il naso contro il vetro, a dare una rilumatina, se per caso ci sia ancora qualcosa da fare lì fuori. No, tutto tace, senza più bisogno di cure. (Casa mia casa mia, per piccina che tu sia...) Girella a zonzo, spostando cose e riordinandole a casaccio. I gesti assomigliano ai gesti abituali, ma non sono quelli. Le è calato addosso un malessere ignoto: la testa, le braccia, le gambe, formicolano. Il petto batte veloce, e più lei si allarma e più quello corre veloce. C'è poco da andare a vedere nella teca traboccante di medicine. L'unica panacea sarebbe il sonno, ma debolezza e ansia stasera camminano a braccetto. Per la prima volta la sua solitudine, tanto gelosamente custodita, le pesa.

Deambula su e giù. La casa le si è striminzita. Ecco la finestra della camera da letto, ecco quella del salotto, ecco il bagno, ecco il bagnetto, ecco la porta d'ingresso: le bastano quattro passi per ritrovarsi sempre allo stesso punto. La testa è un manicomio che accoglie e respinge tutto. E in questo farnetico, vede, per la prima volta, la casa rigogliante d'una vita sotterranea e sinistra. Tutti i misteri accumulati negli anni adesso l'aggrediscono. All'inferno! Diventa feroce la mano che afferra e sposta gli oggetti. La casa è sempre più stretta: ora la porta d'ingresso sembra aprirsi là dove fiorisce l'ultimo vaso di gerani sul balcone. Com'è stretto questo pezzo corto di pavimento al primo piano, con altri pezzi corti di pavimento sopra e sotto! Il suo tragittare diviene furibondo. Qualsiasi luogo, anche il più ostile, le parrebbe meno traditore. Spalanca la teca e s'intrufola di nuovo, con tutte e due le mani, tra le medicine. Trova la scatola e inghiotte due calmanti senz'acqua, che le rimbalzano come sassi nello stomaco. Solo adesso si accorge che, oltre il gorgoglio del caffè, nelle sue budella per tutto il giorno non è passato altro. S'affaccia una speranza: forse, unito alla stanchezza, è il digiuno ad averla messa a terra.

Va in cucina. La scatola rosa è piena di zolfanelli sbruciacchiati. La rovescia sul tavolo, per trovarne alla fine uno intatto. Mentre guarda il pentolino d'acqua sopra la fiammella blu, si piglia le braccia l'una nell'altra e s'accarezza, come a volersi un po' bene da sola. È più calma, la crisi è passata. Riesce finalmente a stare ferma. Il riflesso del gas vibra sul suo viso e nei suoi occhi color cielo bigio.

«Tra qualche giorno compio ottantasette anni ho fame non lo so ma se mangio c'è caso che mi tiro un po' su butto un dado nell'acqua e mi scaldo la pancia così mi viene sonno e domani Dio provvede domani starò bene anzi domani faccio meglio prendo il cinquantotto passo prima a piazza Vittorio a pagare l'ultima rata del divanetto quello ci voleva ci sta bene nel salotto solo devo spostare il lume poi me ne vado al ghetto a farmi il regalo di compleanno mi tolgo lo sfizio di quello scampolo celeste con le lune e mi faccio cucire dalla sarta un vestito uguale uguale a quello di Flora no forse le maniche un po' più larghe a sbuffo coi polsini che a me strette le maniche non mi stanno bene è vero bisogno non ne avrei sono piena di vestiti dice butta qualcosa e che butto sono nuovi di zecca sono un po' superati i modelli ma le mode tornano i pois si mettevano quando io ero ragazza poi sono tornati che quel santomo di Gioacchino era già morto adesso era tanto che non si vedevano più e quest'estate tutti pois la prossima settimana faccio un bel pacco e se passa la crocerossa glielo do però quello scampolo me lo vado a prendere una le soddisfazioni se le deve togliere sennò che vita è io di micragne ne ho dovute fare tante e non ho mai storto il naso risparmiassero un po' gli altri adesso vai fammi il piacere nessuno se la ricorda più la fame durante la guerra se glielo dici ti ridono in faccia la guerra e che è la guerra ha fatto bene quel professore a Lavinio che al figlio non gli andava di mangiarsi il salame e lo aveva buttato per terra lui lo fece inginocchiare e glielo fece baciare il salame tutto sporco pieno di terra io non sapevo da che parte guardare mentre il bambino se lo mangiava zitto zitto con certi lacrimoni c'aveva il terrore del padre povera creatura il padre un uomo buonissimo che non avrebbe fatto male a una mosca m'era sembrata un'esagerazione signora mia mi disse io da bambino durante la guerra me lo sognavo la notte un pezzo di salame oggi non lo posso vedere quando si butta via la roba da mangiare neanche un boccone di pane aveva ragione anch'io compro solo una rosetta preferisco restare con la voglia piuttosto che mandare sprecato il pane anche se c'ho l'armadio pieno di scarpe ma quando i ragazzi erano piccoli io risparmiavo pure sull'acqua calda tutti insieme li lavavo ogni giorno che Dio mandava in terra gli facevo il bagno e li cambiavo e i panni che gli toglievo di dosso li mettevo subito a mollo con la liscivia facevo i salti mortali i miracoli facevo però a casa mia non mancava mai niente i ragazzi per strada li guardavano tutti per come li tenevo a modo lo sapevo io le nottate che passavo in bianco con Marietta i cappotti con una notte li scucivo li rigiravo e li ricucivo e il mattino dopo erano come nuovi Madonna quanto chiacchierava Marietta mi rimbambiva era mezza scema pareva ubriaca forse beveva ma no chi glielo dava rideva rideva sta zitta bolle l'acqua ora metto giù la pastina ma dove sta mai una volta che trovassi qualcosa un giorno o l'altro devo fare un ripulisti dentro quest'armadietto butto via la pasta vecchia non mi fido più a mangiarla anzi no la do a Vittorio che loro ci fanno il pappone per i cani poi metto tutto via nei barattoli non quelli vecchi della marmellata ormai hanno fatto la ruggine sui tappi vado alla Standa e prendo quelli con la chiusura ermetica diecimila lire le spendo così non mi ci rigiro più dentro a questa cucina quant'è bello il calendario di frate Indovino c'ha certe illustrazioni che sembrano quadri a loro i soldi glieli do volentieri pure sotto al lavandino bisogna che metta un po' d'ordine tiro fuori i detersivi e i pezzi di sapone non mi va più di squagliarli però alle bambine gli piacciono tanto le mie saponette a palla non ho più voglia di fare niente sono stanca sono vecchia ma che ti ridi è così sei vecchia sta attenta adesso va che esce il brodo è troppo piccolo questo pentolino ecco mannaggia s'è spento il gas ma tanto è cotta è buona così calda calda chissà se c'è rimasto un po' di parmigiano mi sa che ha preso di frigorifero no va bene questa minestra mi rimette al mondo quant'acqua ha smosso oggi c'ho un umido nelle ossa ma ci voleva non potevo tenere quei panni così a impuzzolentirsi non sa di niente questa minestra manca il sale ogni volta che alzo gli occhi mi ritrovo davanti 'sto catafalco hai voglia a dire ai ragazzi che non la volevo la lavastoviglie io sono sola che faccio lascio i piatti a muffire lì dentro non ci dormirei la notte dice per le feste ma se alle feste siamo in tanti che ci vuole a lavare due piatti mi domando e dico poi solo la fatica di sciacquarli mica ce li puoi mettere così e allora una volta che mi sono bagnata le mani tanto vale ma no loro non lo capiscono come l'aspirapolvere e chi l'ha mai toccato è rimasto nello sgabuzzino non ci posso nemmeno pensare solo la fatica di tirarlo fuori poi tutte quelle spazzole e il sacchetto che se non stai attenta scoppia e ti si riempie tutta la casa di polvere no è solo un gran traffico venitevelo a riprendere dico io a voi vi serve avete le case grandi ma io che me ne faccio la prossima volta regalatemi un viaggio ch'è meglio non mi va più questa minestra è sciapa sembra quella che facevano Esterina e Fermina sabato vado al cimitero a portare i fiori alle mie cugine non c'è mai un fiore su quelle tombe ritrovo sempre i miei della volta prima secchi com'era magra Esterina ma in quella famiglia sono sempre stati tutti magri sono nature sempre vestita da zitella pure da giovane e ci credo che non ha trovato marito e quando lo trovi marito vestita in quella maniera con tutti quei colori morti un uomo lo fai scappare così e mettiti mica dico di rosso ma un bel celeste un lilla no grigio dalla testa ai piedi Fermina uguale tutta la vita con i denti da coniglio ha dovuto aspettare la dentiera per darsi una sistematina ma quanto bene hanno fatto insieme sempre le prime loro sempre le prime a darti una mano e adesso non c'hanno nemmeno un fiore è così alla fine hai fatto hai fatto e non hai fatto niente come mio fratello lasciamo perdere dopo tutto quello che gli ho fatto hai visto che tornaconto neanche un fazzoletto m'ha lasciato avesse preso un fazzoletto lo avesse messo da canto e avesse detto ecco questo è per lei macché niente che vergogna che schifo sempre io l'avevo curato e chi gli portava da mangiare tra quelle cartacce chi gli andava a pagare la luce io sennò pure la corrente gli staccavano che lui c'aveva sempre la testa da un'altra parte e chi ha mai chiesto qualcosa in cambio e dopo il funerale per il testamento dice c'è tempo bifolchi lestofanti s'erano già spartiti tutto lo vadano a raccontare al cospetto di Nostrosignore questi galantuomini vadano tanto il male che fai ti torna indietro moltiplicato al Signore non gli sfugge nulla quel santomo di Gioacchino mi voleva un bene è che m'ha lasciato troppo presto se ci fosse stato ancora lui le cose sarebbero andate per un altro verso ma che vuoi ero sola sono sola sono piena d'angustie piena d'angustie m'ammazzano i dispiaceri a me m'ammazzano chissà se c'è ancora un pezzo di quella scamorza no non mi va più niente ho un formicolio alle gambe gli elastici di 'ste calze sono troppo stretti me li devo scendere era tanto che non ci pensavo più a questa storia penso al cinematografo della mia vita diceva zia Restituta eh sì quando le racconti certe cose ti prendono per matta nessuno ci crede ma chi vuoi prendere in giro ti dicono se potessi scordarmele le cose patirei meno ma non mi riesce ricordo tutto tutto mi sembra adesso che il maestro mi chiedeva come si chiamava mio padre e io mi vergognavo a rispondere Offredo la G se l'è mangiata il gatto avrebbe riso la classe non lo so come si chiama il mio babbo non me lo ricordo dicevo lo chiamano professore buon giorno professore buona sera professore si chiama professore professore professore e piangevo piangevo piango mannaggia piango perché mi torna tutto davanti come fosse ora come succedesse qui in cucina proprio lì accanto al lavandino tutto il cinematografo della mia vita mi sta davanti agli occhi quanti ne abbiamo oggi non riesco a leggerlo gli occhiali dove sono gli occhiali (li porti nonna li porti) ah ce li ho in testa meno male va e dove mi mettevo a cercarli sono così stanca certi giorni mi sento un leone c'ho una forza come a quarant'anni ma che dico di più mi sento che potrei spostare una montagna stasera invece sono fiacca fammi sciacquare il piatto e queste due cosette sennò domani mattina me le ritrovo e già comincia male la giornata e si chiudesse bene una buona volta 'sto rubinetto bisogna che lo faccia vedere capirai è capace che per stringere il sifone qui sotto ti si pigliano venti trentamilalire come niente fammi fare due passi va spengo la luce Dio come mi dolgono le gambe mi siedo ancora un attimo in poltrona dico il rosario tanto alla televisione non c'è niente e mi butto a letto ho una stanchezza addosso ma dov'è che s'è impicciato questo scialle mannaggia Padre nostro che sei nei cieli sia benedetto il tuo nome venga il tuo regno...»

Passa il figlio più tardi a trovarla. Per caso. Lei con la mano fa un gesto vago, e dice: «Una morsa, una morsa qui nel petto, poi un grande calore, e le braccia e le gambe... non lo so.» Arriva il dottore, un tipo simpatico, che ha sempre voglia di scherzare. La fa ridere mentre l'ausculta. Il figlio anche scherza e fuma una sigaretta davanti alla madre con la schiena nuda. «La pressione è un po' alta,» dice il medico «ma alla sua età può succedere. Però, se volete stare tranquilli...» e consiglia il ricovero per accertamenti. Lei – cosa strana – non si oppone. Ha paura: non le va di rimanere sola un'altra volta. E poi si sente in colpa. Al figlio, che le ha chiesto: «Mamma che hai fatto oggi? Dì la verità, ti sei stancata?» ha risposto: «Ma no, due panni... ho sciacquato due panni.» Porta con sé solo un cambio dentro una borsa plastificata della Japan Airlines. Esce come chi torna tra un attimo, senza girarsi. Altre volte, partendo, ha misurato con uno sguardo il silenzio che avrebbe lasciato. In cucina, avvolta in un tovagliolo, resta una rosetta a farsi dura come pietra.

Durante la notte non si muove: rimane supina, con le mani piatte sulla pancia. Il suo letto è accanto alla finestra, la camerata è spenta. Due tubi al neon, affissi nella volta del corridoio, producono una luce azzurrognola, che si riflette, sulle lettiere. Un gemito irrompe in qualche sonno. Lei esplora al buio la camerata che dorme. Come bocche spalancate, gli agganci per le fleboclisi s'affacciano accanto ai letti. C'è una quiete che esala formalina e passaggi di vitto. Da lontano le arriva, già stemperato, un mormorio di risa e di piccole impennate femminili. Sono le infermiere, che, raccolte nella loro saletta, si sono sfilate gli zoccoli e hanno piedi di filanca bianca, appoggiati sul mucchio delle cartelline per le accettazioni. Fumano, e controllano in specchietti da belletto, il viola che quel servizio di notte spande sotto i loro occhi. Al suo turno, una s'allontana nel corridoio.

S'affaccia nelle camerate e sosta ad ascoltare il rantolo di un respiro ammalato. Arriva fino ai gabinetti, poi ritorna.

Forse nonna ha visto quell'ombra bianca fermarsi davanti alla porta, ha cercato di farsi sentire, ma il suo letto è lontano, accanto alla finestra, e le mancava la forza di gridare. In quel momento l'infermiera stava affrettando il passo per ricongiungersi al cicaleccio. E per dirsi cosa? Ma sì, le solite: il marito che vuole sempre fare all'amore o che non vuole farlo mai, le contravvenzioni e il parcheggio troppo lontano, i figli che non studiano, una ricetta, e poi... Cos'altro? Tanto altro, la vita è tutta una chiacchiera.

E, intanto, la vita di nonna s'ingolfa. Dall'anziana cavità d'una sua vena, un po' di posa sanguigna s'addensa, e les jeux sont fait... Pochi secondi in cui la testa non è irrorata, e lei entra a far parte della silente vita vegetativa: quella dei broccoli, dei cavolfiori, della bieta, della cicoria, del cicorione. Da questo corridoio di verzure, si va diretti nella stanza in fondo, come quando si chiede: dov'è il bagno?, e ci viene risposto: proprio di fronte. Ecco, è la stanza che sta di fronte a tutti noi. Cosa c'è lì dentro? Niente, niente di sicuro. Hai presente aprire una porta ed entrare nel buio, e dopo non è che ci sei tu nel buio. No. C'è solo il buio mangione, epulone, sgargarozzone, che se la gode. E tu non ci sei più. Non ci sarai mai più. Sparito! Come nel prodigio di un sortiere. Certo, fosse rimasta a casa sua, nonna ci sarebbe entrata dritta dritta con tutte le scarpe, in quella cameruccia. Invece rimane in questo stanzone nel semibuio vegetale di cui sopra, perché – sorpresa! – ricompaiono le bianche infermiere, le immacolate cameriste del nosocomio. Per caso, una di loro ha trovato nonna rovesciata sul letto (un bozzolo di lenzuola fradice d'umori) con la lingua capovolta in fondo alla gola, e gliel'ha ricacciata fuori. Poi anche le altre sono accorse, con siringone e damigiane di soluzione fisiologica, verso il duecentoquattordici. È così che nonna si chiama da stanotte.

Gran bel gioco del cazzo la vita, quando inizia a palleggiarti con la morte! Questo è mio, questo è tuo: si mettessero d'accordo prima, e li tracciassero più netti questi confini. Dunque, facendo il computo, di lei la comare secca s'era già presa: le gambe tutt'e due, una spalla con relativo braccio, e mezzo (forse trequarti) torso. La passerina non si sa. Era ancora regno di nessuno, certo un po' lessata anch'essa. Per quanto riguarda, invece, tutto il porcaio sito nella propaggine superiore detta zucca, cioè il pensiero, l'affettività, la memoria – e gli altri generi di conforto e sconforto –, il poco che le era rimasto, bastava per farla schiattare di dolore. Sì, perché nella luce del mattino, ripulita e pettinata financo, spesse lacrime navigavano nei suoi occhi medusei.

«Non piangere, bella. Che piangi?» Il palmo tozzo di un'infermiera le asciuga le guance carezzandola, come strigliasse una bestia, e le spande in faccia un fiato forte di caffè. Cammino tra le due file di letti per raggiungere nonna. Le altre malate voltano le teste con scatti da gallinelle, e, mano a mano che mi avvicino, misurano l'intensità del mio rammarico. Sto ferma ai piedi del suo letto. Lei non sembra vedermi. Ogni tanto spalanca la bocca e mastica aria. La lingua impastoiata le si incolla alla volta del palato. Vuole parlare? O forse ha sete? La faccia è di colore cereo, olivigno. Poggiate sui loro rovesci, le braccia sono cosparse d'ematomi: devono averla pizzicata un po' a zonzo, prima di trovare la vena. Le passo una mano tra i capelli, poi con un gesto istintivo me la porto al naso. La sua vicina di letto mi sorride. Lo terrò con me per ricordo quel volto, come i piccoli bottoni di panno nero, che s'appuntano sulla giacca in segno di lutto. Più tardi venne il parrucchiere a tosarla, che di capelli ormai ne lasciava a ciuffi sul guanciale. Trent'anni, alta e scarnita, un figlio piccolo e un marito pavido che già s'andava organizzando per la sua solitudine di dopo. Aveva metastasi dappertutto, non credo sia sopravvissuta a quell'autunno.

Nonna apre gli occhi. Una bava di saliva le attraversa il mento, gliela asciugo con il risvolto del lenzuolo. Prendo una sedia e mi accosto a lei fino a posare il mento sul suo guanciale. Adesso il suo viso è un immenso territorio da sondare. I capillari frantumati si inerpicano sulle gote. Il naso è una escrescenza informe e spugnosa. Intorno alla bocca, lo sciamannio degli anni ha scavato un cimitero di croci, una sull'altra.

«Oh, nonnaaa... T'allungo un po' della mia vita. Lo senti come batte forte e misurato il mio cuore? Potrebbe aiutarti a rinsanguare il tuo, potremmo tentare un innesto. Vuoi che lo cerchiamo insieme il punto per il nodo? Dove sei? In gabbia con Hansel e Gretel, nella casa di marzapane della strega? Oh, nonna! Nonna, nonnina, testa di legno, testa di sego, testa di rafano, testa d'acquitrinio... Che testa ti rimane? Rinfanciulliamo insieme... Vieni, ti racconto una storia. C'era una volta Cappuccetto rosso che andava nel bosco col panierino pieno di squisitezze. Hai presente un querceto, una barriera di fronde dove sotto si respira bagnato, e quando esci odori di muschio di ceppaia di tubero e licheni, che quella boscata ha cercato di inghiottirti, di non mollare la compagnia del tuo scalpiccio? Ecco la piccina camminava lì dentro, e non ne aveva paura, perché è una che per farsi compagnia sa cantare, sa dar di piede contro i sassi, e sa discernere a distanza un chiodello mangereccio da una bubbola bianca. Insomma, è una che sa il fatto suo. Allora facciamo che la bambina sono io, il bosco è la tua tabe, e il lupo travestito da nonnina sei tu, che ti sei fatta trovare dentro il pizzo celeste del tuo matinée, con questa cera scura, e con un gravame di verdure nella testa. Nonna... Nonna... Che bocca grande che hai... E ridi. Ridi, briccona. Non ti piace giocare con me? Per quali viottoli devo incamminarmi... Dov'è che posso incontrarti di nuovo? O, forse, non ci incontreremo più... Avevi sempre detto: 'Di colpo, nel sonno. Un giorno ci sei, un altro non più.' Tu, come un animale, l'avevi odorata la morte, ieri sera, in ogni angolo della tua casa. Ma non hai avuto il coraggio di restare. Dovevi rinserrarti nel letto, nella conca che il tuo corpo s'è biascicata negli anni, e che tutto si compisse lì dentro. Nello spasimo potevi ruzzolare in terra e travolgere il comodino con l'angiolello dorato, e magari tirare le cuoia su quel disgraziato scendiletto a righe, che dal modo in cui ci posavi le piotte saggiava il tuo umore di giornata. I panni sporchi si lavano in casa, non si portano a sgocciolare in giro. Ne avevi lavati tali e tanti, e allora perché non ti sei sciacquata da sola anche quest'ultima vergogna? Perché l'hai consegnata alle mani delle bianche infermierine? Ci sei venuta da sola, con le tue gambe, qui dentro. Adesso, foca-talpa, non pretendere che io ti schiacci un guanciale sulla faccia. Perché dovrei accollarmi una tale rogna? È tardi per crepare. Questa mattina si campa. Vuoi che ti dica la verità? Quella di prima, non tornerai mai più. Mezz'ora fa è passato di qui un bel medico dalla pelle abbronzata, intinta di ferie esotiche, e circondato dal suo gongolante codazzo, non ha avuto nemmeno l'accortezza di spostarsi in corridoio a proferire crudeltà sul tuo stato: 'Tanto l'ammalata non sente' ha detto. Volevo strappare i loro camici, insanguinare con le unghie le loro abbronzature, per difenderti da quella mancanza di rispetto. Il primo abuso. Si comincia sempre così, poi si perde ogni precauzione. Povera nonna, rifuggivi la malattia, la vulnerabilità. Attribuivi agli infelici e ai reietti una remota colpevolezza: 'Guàrdati dai segnati di Dio!' Ti ricordi quante volte me l'hai detto, tra i denti, passando accanto a uno storpio, cui pure allentavi una moneta? Buon per te ch'io non sia della partita tua, perché adesso tu sei una segnata di Dio. Rieccoti: sulla terrazza condominiale, ridente tra le lenzuola stese. Lo sfondo è l'azzurro che grida. E in questo grido non ci sono impurità. C'è un uccello che vola altissimo, e tu lo guardi. Forse, la tua chiave è tutta qui: in quel volo che hai potuto assecondare solo un istante, di sfuggita. Saresti voluta andare lontano, come quell'uccello. Ma chi di noi non vorrebbe volare, invece di vermicolare in terra. L'aria arrochita sibila fuori dal tuo antro polmonare con dolenza. Buon riposo nonna...»

Una folata di rappreso, poi il vitto avanza in un serbatoio di acciaio a scomparti. Le infermiere scodellano. Vado a sedermi in corridoio su un sedile rivestito di formica verdolina. Mi sento aggredita da orde di microbi. Quando uscirò da questo penitenziario sarò già contagiata da una lebbra che mi divorerà. Ma subito dopo, arriva un pensiero qualunque: guardo le mie scarpe sporche, e mi riprometto di pulirle, non appena sarò a casa. Che straordinaria abilità di adattamento c'è nell'uomo! Ecco, è quasi normale che nonna stia in quel verzuriere, di là.

VIII

L'emisfero cerebrale che manda impulsi alla parte sinistra del corpo si risvegliò quasi del tutto. Nonna restò dunque divisa, senza invasioni di confini, in due distinte metà: una morta e una viva. Trascorsi tre mesi, la direzione dell'ospedale dimise la duecentoquattordici, suggerendo di internarla in un centro attrezzato per la riabilitazione dei paralitici. Il cronicario si trovava in mezzo alla campagna, nella desolata periferia di Roma, in prossimità di uno svincolo per il grande raccordo anulare. C'era un giardino e un piccolo bar con un gazebo, dove i malati – che circolavano su sedie a rotelle in tuta da ginnasti – organizzavano macchinosi convivii per un gelato o una bibita.

La fermata dell'autobus, davanti all'ospedale, è l'ultima prima del capolinea. Insieme a me scendono i pochi passeggeri rimasti. Sono quasi tutte donne. Vengono a trovare i mariti accidentati. Si scambiano confidenze sulla loro vita coniugale prima della disgrazia. Alcune soffrono molto; altre paiono addirittura rinvigorite dall'assenza dell'uomo nella casa. Camminano in fila indiana lungo la strada, reggendo un sacchetto di plastica, con dentro i loro manicaretti ancora caldi, avvolti in un panno.

Entro nell'androne di corsa e infilo l'ascensore grande, quello delle lettighe. «Sono nell'ascensore dei paralitici, degli appestati, dei segnati da Dio...» penso, salendo. Sto al centro senza toccare quel metallo infetto, e, non appena la porta automatica mi libera, schizzo fuori. Padiglione est, seconda stanza a sinistra, primo letto vicino alla porta: nonna sta lì. Appena mi affaccio strabuzza gli occhi, stira il collo con la testa calva, e la ferocia di un cuculo da nido. Mi riconosce subito. Grida il mio nome. «Te, proprio te, aspettavo.» E ripete il mio nome ancora più forte: «Tirami sù! Tirami sù!» La bacio, e lei mi cinge il collo con il suo unico braccio vivo, irrobustito dalla necessità. È tremebonda d'emozione, perché ha sempre paura d'essere abbandonata, nonostante che i figli le abbiano messo vicino un'infermiera, per la pulizia personale e la fisioterapia. Ma lei non ha stabilito con questo donnone, dall'indole troppo semplice, alcuna confidenza. La tratta sgarbatamente e si rifiuta di darle del tu. «Lei non si preoccupi, adesso quando vengono le mie nipoti ci pensano loro...», e aspetta me, la sua nipote corridora. Le corse sono una mattana delle mie. D'inverno gli allettati non possono uscire a prendere aria. Io però me ne muoio a vedere nonna rintanata lì dentro, pallida come una gallina lessata, in balia di infermieri arroganti, che s'avvicinano ai letti strascicando gli zoccoli bianchi a colabrodo, e begolando sulla scorpacciata domenicale o il decesso d'un malato, tra una marlboro e una assettata di genitali. Voglio tirarla fuori dal tanfo di cessi senza porte.

La imbacucco ben benino e me la carico sulla sedia a rotelle. In un'ala meno frequentata dell'ospedale la spingo lungo le corsie deserte. Via, via da questa mortificazione. Via di fretta. Stacco le mani dalla carrozzella: solo per un attimo. Subito la riafferro e corro, corro e la rilancio più forte. Mi fermo. Seguo nonna attraverso lo sguardo alterato di una visione: è già abbastanza lontana, la mantellina da camera all'uncinetto svolazza, le rotelle impazzite scricchiolano sul pavimento, lei agita la mano viva, e va. Va sola, verso la vetrata in fondo. Si schianta. Sento la deflagrazione dei vetri, il rovinio dei frammenti che ricadono all'interno, mentre nonna è già in volo con la sua sedia a rotelle, fuori dal lividore del neon. Per sempre. Basterebbe soltanto un secondo in più, perché la mia allucinazione fosse realtà. Invece mi precipito a riacciuffarla in tempo. Lei palpita: sono questi attimi di terrore gli unici in cui si sente viva. La carico sull'ascensore, eludo il controllo dei carcerieri-portantini, e filiamo fuori dal retro.

Ad attenderci c'è il porco inverno di quell'anno. Sistemo il fazzoletto di seta sulla fronte di nonna, facendola assomigliare a un cane foulardato. La pelle le si fa tesa e rossa per il diaccio che c'è nell'aria. Il braccio morto scivola dalla tavoletta su cui è appoggiato e pencola. Non me ne avvedo subito, allora lei mi prega: «Fammi un favore va', cara, riprendimi sta' mano che mi dole.»

Alle spalle dell'ospedale, c'è un sentiero che si perde nel prato. Accanto ai resti di una casa colonica e d'una vecchia stalla, io e nonna, senza dirci una parola, assistiamo al rapido imbrunire del cielo invernale. Lei sulla sedia a rotelle, con il plaid scozzese sulle gambe; io, per i cazzi miei, su un mattone, con le ginocchia infilate nella bocca. Lontano, dopo un sottobosco di sterpaglia e cipressi ammalati, si vedono i primi palazzi e i tetri fumaioli esalati da una discarica. Il prato pullula di gatti che si nutrono miagolanti tra i rifiuti dell'ospedale. Accarezzo quelle groppette arcuate, mentre nonna lascia cadere a terra una cartata d'avanzi che s'è portata appresso. I gatti accorrono a frotte, divorano tutto, poi le si slungano sugli stinchi. Ne tiro su qualcuno per la collottola e glielo mollo in grembo. I gattacci ci stanno, si leccano le zampe e si puliscono la testa. Lei ride, per il piacere di sentirsi quegli affari caldi addosso. Penso al coniglio di mio padre. Vorrei dirle: «Tieni, nonnina, ti passo un bel coniglio, di quelli che sono buoni alla cacciatora. Tu li sai fare i conigli alla cacciatora, no?» Avrebbe un trasalimento? Chi lo sa. Sorride, con quel sorriso sghembo (lo stesso dei cattivi nei cartoni animati) che risponde solo per metà agli impulsi nervosi. Un ghigno impressionante, sovrastato da occhi abbiosciati in cerca di sostegno. Mi ricorda una nostra vecchia cagna che, nascosta sotto un cumulo di legna, digrignava i denti per difendere il suo cucciolo nato morto.

Fa freddo. È buio. Ma lei non mi chiede di rientrare. Le basta star lì all'addiaccio insieme a me. Potrei tenercela tutta la notte. È mia. Mi cerca con quello che di vivo le è rimasto in corpo. Ora potrei fargliele pagare tutte, e finirla come il coniglio di mio padre, stringendole intorno al collo la cinghia della mia borsetta. Vederla andare paonazza e gridare: «Perché? Perché glielo hai ammazzato, porca?!» O, anche, scannarla al ritmo di una macabra filastrocca: «Porcaccioncella non si castrano i maschietti, non si ammazzano i coniglietti ai bambini soli soletti...» E la mollerei cadavere in quel prato, con i gattacci a gnaularle intorno. Ma che senso avrebbe, ormai... Poveraccia, quante ne ha passate anche lei! Sul suo viso non c'è più traccia dei crimini antichi. Da vecchi si è così ebeti, così dimentichi del male commesso...

Sopra la sua testa infazzolettata e solitaria la mia mano assassina indugia un poco: il tempo perché nasca una carezza e un'altra ancora. Dove ha origine il male nonna? Dove stagnano i loschi pensieri? Mi sfegato di baci su quel muso offeso, e lei – che con la mostra dell'amore è sempre stata parca – ora si affida tutta a questo mio modo fisico e primitivo d'amarla. Lacrime dimenticate indugiano al bordo degli occhi, prima di rigarle il viso.

Forse è il freddo. «Ho fame, ho fame» smania, come una bambina. Sente languore nello stomaco e reclama la sua minestra di sedani. Tolgo il fermo alle ruote. Si riparte.

La pastina scotta, ingigantita, cola dal mento sull'asciugamano, che funge da bavaglino. Ne raccapezzo un po' in giro con il cucchiaio, mentre la imbocco. È un rito lento, monotono, al quale lei si sottomette docilmente. Ma, scombuiata da chissà quale fremito del pensiero, all'improvviso sputa tutto quello che ha in bocca. Si risucchia le labbra tra i denti per lo sforzo di darsi voce, e chiede: «Come si chiamava il fraticello dei Promessi Sposi? Come si chiamava?» È un vecchio assillo. «Fra' Galdino, nonna» rispondo, ma già so che una sola volta non basterà. «Fra' Galdino» ripeto. Lei non la smette più: «Sì. Fra' Galdino Fra' Galdino Fra' Galdino...» Una iterazione convulsa, senza respiro; poi, con la stessa intensità, ammutolisce, e torna a farsi imboccare quieta ma assente, quasi stesse risistemando il nome del frate nel posto più tranquillo di quella sua mente scollata. Presto il viso torna a congestionarsi. Si ferma a bocca aperta, abbandonando la lingua sotto il malloppo del cibo. Incurante di non avere ancora deglutito, strilla: «Come si chiamava il fraticello dei Promessi Sposi, quello timoroso e timorato di Dio, come si chiamava? Eh, dì un po' tu che sei fresca di studi.» Mi ha sputato sulla faccia una semina di pastina. Non le rispondo più. Guardo la minestra che dal collo le si infila sotto gli indumenti, con lo stesso assonnato intontonimento di quando, bambina, seguivo i sentieri delle formiche.

Finito il pasto, suor Lordona (una religiosa soprannominata così per il sembiante suino e la tonaca sempre lercia) fa capolino per invitarci alla messa del vespro. La cappella si trova al piano seminterrato del cronicario, vicino al magazzino e alle cucine. È una stanza miserevolmente approntata, che solo due volte la settimana ospita la chiesa. Giacché i fedeli vi arrivano seduti in carrozzella, non ci sono nemmeno i banchi. Le poche seggioline – da asilo infantile – servono per le monache e gli infermieri. Piazzo nonna, con una veletta nera sulla testa, vicino alla mensa sacra. Il prete comincia a officiare. Ostenta un busto impeccabile nei paramenti. In basso, invece, l'orlo ricamato non basta a nascondere scarpe e pantaloni da passeggio. Mi perdo nel vinaccia dei suoi calzini. Nonna è compenetrata ancor meno di me dalla litania. Ormai non le importa più d'ingraziosirsi Gesù Cristo e i Santi per l'aldilà, dopo questa fregatura che le hanno allentato in terra. Gli altri ammalati stretti intorno a noi sono caldi di letto e sudano nelle tute d'acrilico. Esco a respirare un po'. Le rimostranze di suor Lordona mi riattirano nella cappella: «Signorina vieni, spicciati... C'è tua nonna che chiama. Vieni... Per carità... Disturba la funzione...»

La stronza urla come un'ossessa: «Dove sei? Dove sei... Portami via.» La mano che vado a posarle sulla spalla è una tenaglia. «Nonna,» sibilo «stai tranquilla, sono qui. Bisogna aspettare che finisca la messa per uscire.» Raccolgo il rosario che ha lasciato cadere in terra, e lei, con la mano capace, m'afferra per i capelli torcendomeli vigorosamente: «Portami via,» grida «devo fare la piscia. Sennò la faccio qua...» Non riesco a rialzarmi, tanto tira, e da sottinsù imploro: «Lasciami nonna, mi fai male!» Gli occhi di tutti i malconci fedeli ci sono addosso, e anche quelli del prete, che, per sovrastare le urla, prende a punteggiare la sua languente omelia con impennate da eunuco. Avrei voglia di morderle quella manaccia e mollarla lì, senza tornare mai più a trovarla. E che pisciasse pure... Pisciasse quanto le pare e piace. Invece mi do da fare per portarla fuori, obbligando le altre carrozzelle ad arrischiate manovre. La deposito davanti alla porta del cesso. «Vado a chiamare un infermiere» mugugno «perché ti metta sulla tazza...» Lei mi lascia fare due passi, poi sbraita: «Non mi va più adesso. M'è passato lo stimolo, con tutto quel trambusto...» Le luci si ammezzano. È il segnale che i visitatori devono lasciare l'ospedale. La riaccompagno nella stanza, mi infilo il loden e me ne vado. Dal corridoio sento la sua voce che mi chiama indietro. «Che c'hai, nonna?» le chiedo. Lei non risponde, mi guarda. Ma anche quando arrivo finalmente all'ascensore, mentre la porta si richiude, continuo a sentire lo strazio di quella voce. In un chiosco davanti alla fermata dell'autobus mi compro la ciavatta: una pianella di pastasfoglia dall'interno umido, punteggiato di canditi. E con la bocca dolce mi libero di lei.

Poco alla volta, nonna prese a distaccarsi da tutto ciò che l'attorniava. Arroccata sul suo trespolo di cuscini, come uno stilita sulla colonna, lambiva con lo sguardo parvenze di ricordi e, impenetrabile, si confinava fuori dal tempo e dal luogo. Al pari di un antico galeone di pirati, che affiorasse sul bagnasciuga di una spiaggia estiva, aggrumata di carne e sporcizia, e l'orda dei bagnanti lo assalisse, così lei si offriva, con silente ostilità, alle insidie delle altre ammalate. «Non t'alzi stamattina?» le chiedevano, presumendo una confidenza alla quale lei non le aveva autorizzate. Ormai, spartiva con le compagne di infelicità, non solo la stanza e gli accudimenti, ma anche pene rimostranze e desideri; eppure continuava a ignorarle, spregiando nelle altre la propria condizione di inabile, alla quale non si rassegnava.

«È testona come un mulo, non collabora» diceva l'infermiera, giocherellando distrattamente con le dita inerti di nonna, come se le falangi di quella mano offesa non appartenessero a una persona. Lei offriva all'infermiera vuoti occhi e otturate orecchie. Aveva scelto quell'esilio interiore per non disperdere il poco sensorio rimastole, tutto volto a cercare un toccasana per tornare gagliarda. Me lo confidò in gran segreto: «Una bella scarica di corrente e mi rimetto in piedi...» Non smise più di tormentarmi. Voleva a tutti i costi che io trovassi il modo per trasformare la sua carrozzella in una sedia elettrica, convinta che un drastico elettroshock l'avrebbe restituita alle gioie dei deambulanti. Ma non mi trovò disposta ad assecondarla.

Poi, aprendo per caso una porta del cronicario, scoprii una estemporanea sala da ballo, raccolta nel silenzio. Sul fondo c'era un grande specchio, e sulle pareti, tutt'intorno, si snodava un corrimano di ferro. Era una stanza così impropria rispetto al luogo, che si potevano immaginare tutù bordati di tulle, esili gambe acerbe, coroncine di fiori sulle acconciature, e: un deux trois e relevé e plongée, e un'insegnante dalla erre arrotata. Invece, dopo poco ch'ero lì, attraverso la porta, zampillò nella sala da ballo la chioma irsuta e decolorata di una infermiera grassoccia con appresso un codazzo di ruote ferraginose. Dalle carrozzelle, i malati protesero le mani verso la sbarra e, una volta afferratala, provarono a tirarsi su con sforzi disumani. I più ricaddero stremati a sedere ma, senza perdersi d'animo, arronzarono subito una nuova scalata. Incurante di quei mortificati danzatori, l'infermiera si sgraffiava via lo smalto dalle unghie.

Decisi di provare con nonna. La trovai con la sua sedia a rotelle in un tuorlo di luce gialla. Si stava godendo il sole con gli occhi chiusi e felpati come una lucertolina. Quando la sfiorai con un bacio spalancò subito gli occhi, e sbottò: «Fa caldo! Vedi, l'infermiera m'ha lasciato qui a sudare. Portami a correre.» La feci scivolare per un poco su e giù lungo il corridoio, poi la condussi nella stanza da ballo. «Oggi facciamo un esperimento nonna... Te la senti?» le chiesi. Lei mugugnò appena, ma avvertii la sua eccitazione dal modo in cui protese il busto mentre l'accostavo al muro. Bloccai la carrozzella. «Coraggio, prima che venga qualcuno...» l'esortai. Lei strinse la sbarra con la mano sana. Mi inginocchiai per sistemarle i piedi in terra. Raccolsi il braccio inetto, penzoloni lungo la ruota, e me lo caricai sul dorso: pesava come un animale morto.

«Dai forza, ora. Spingi con le gambe. Spingi. Alzati, alzati!» la spronai. Nonna allungò il collo, quasi a volersi tirare su con quello. Sentii la spina dorsale (solcata da un serpente), torcermisi sotto il peso della vecchia. Con un colpo secco, riuscii a sollevarla e a buttarla contro il muro. Restammo lì a spurgare fiati annaspanti, in una prossimità dolorante, come due cani che, dopo l'amplesso, non possono staccarsi. «Ora ti lascio... Ti lascio, eh?» gemetti, e con cautela mi sottrassi al suo peso. Rimase in piedi pochi secondi – durante i quali non cadde solo perché era troppo sbilanciata in avanti –, ma mi bastarono per rimirarla tutta intera, nell'ignominia di quella tuta da ginnastica floscia sul culo ossuto. Le gambe poste nella maniera tarpata, che è solo delle cose esanimi. Strinsi forte la mia povera atleta alle spalle. Tremava tutta, eppure resisteva. Era intenta a evocare il sostegno delle gambe, anche se al di sotto del bacino non sentiva niente. Infine, con un soffio – quasi esalasse – mi chiese aiuto: «Le gambe, le gambe mi fanno giacomo giacomo... Mettimi giù...» I suoi femori ondeggiavano come canne fresche di bambù. Prima che facessi in tempo a soccorrerla, da sola, si ributtò indietro nella carrozzella.

Raccolsi il plaid e la coprii. Nonna puzzava di ferro: aveva sudato contro la sbarra. Solo allora mi accorsi che quel luogo era mal riscaldato, e temetti che addosso il sudore le divenisse gelo. Io stessa ero ghiacciata. Mi strinsi nelle braccia, e lo strofinio scabro delle mie mani contro la lana del golf, fu l'unico rumore che rimase nella stanza. Poi i singhiozzi di nonna irruppero sgraziati e strazianti, come barriti da mattatoio: «Te l'avevo detto... La corrente elettrica... Ma tu non mi hai dato retta... Non mi hai dato retta...»

Quella notte, avvolta nelle lenzuola odorose di me (di me sola), ho fatto un sogno... Nonna è un cagnaccio codimozzo che mi rincorre al buio nella strada piena di strisce fluorescenti, come nelle cartoline notturne delle città bagnate di pioggia. Via, sciò sciò, pussa via, can rabbioso. Ed eccomi, bambina, uscire da una chiesa di campagna, con un fazzoletto bianco sulla testa. Uno dei pizzi mi ricade proprio in mezzo alla fronte. Ho tra le mani i gambi rasposi e lunghi d'un mazzo di papaveri dalle corolle spiegazzate. Per terra, appoggiato a un pirolo, c'è un fagotto di stracci, dal quale spunta una mano mendica. Mi chino per poggiare sopra quella mano i miei fiori esausti, rossi come il sangue, che solo ora m'accorgo scorrere in un rigolo esilissimo dal mio polso nel palmo del mendicante. Tra i cenci affiora un volto: ancora lei, nonna, con un piccolo sorriso imbambolato, soave e mesto come quello della Madonna. Vuole il mio sangue! Sul paesaggio s'abbatte l'alone rovente del sole, che essicca il rigolo di sangue, e anche i papaveri muoiono, e perdono petali neri. Il fagotto di cenci si stacca dal pirolo e ruzzola sui gradoni dell'immensa scalinata di una cattedrale. Corro per fermarlo. Il fazzoletto bianco vola via dal mio capo e va a posarsi sopra il ramo d'un pioppo scheletrito. La gradinata non finisce mai. Il fagotto rotola, e, quando arrivo in basso, al posto di nonna c'è solo una macchia di liquame nero. Una macchia che s'allarga, s'allarga. Sopra di me il cielo afflosciato di vampa non ha che occhi: gli occhiacci rossi del codimozzo, gli occhi di nonna, che mi tengono come la coscienza, come il Dio occhiuto che s'affaccia minaccioso dalle nubi rosseggianti nei filmini delle suore al catechismo. Dal cielo un grido: nipote, non puoi lasciarmi morire, non puoi sfuggire all'investitura che i miei occhi t'hanno dato. Sono riaffiorati in te nell'antico gorgo del sangue. Hanno già veduto molto, prima che tu nascessi per riaccoglierli. I tuoi stessi occhi, mio padre li appoggiava al proprio braccio sulla balaustra del balcone. La ricordi la trama di quella giacca, negli anni sempre più lenta? (Sì nonna, la ricordo.) E ora, piccolo figlio mio, rammentami di quella tiepida mattina d'ottobre, quando chiudesti gli occhi di fronte al viso reclinato di una vergine che ti avevo messo accanto per rasserenarti. Morivi di tifo e non avevi ancora otto anni. Ti ricordi? Guarda lì, in fondo alla cucina: il poromo toscano affetta il pane e ti sorride. Con la spalla si nasconde appena, per rubarne un tozzetto. Senti il sapore di quel pane? E la tua bisnonna Monda, i cui occhi predaci sono versati nello scintillio delle perle? Il fresco di quelle pietre ti sta attorno al collo. Lo senti? (Sì, sì, sì.) Non puoi spegnere l'interruttore, non puoi farli cessare. Delicatamente, come discreti ospiti, ogni tanto irrompono in te e t'accompagnano. Non negargli questi quattro passi. Portali con te. Portami con te. (Noooo...)

Scendo dal letto e mi trovo in giardino. Cammino sui campi, lì dove il sole tramontava quando ero bambina. Grazie nonnaccia dell'invito a questo sgangherato valzer di famiglia nel quale volteggia tutto il parentame: ogni giro un nuovo viso. Il mio carnet è zeppo! Dimmi, a chi devo concedere l'onore del primo ballo? Perché proprio io... Cosa ti fa pensare che io somigli a tutti voi? Se il sangue fosse davvero così affollato d'anticaglie, non potrebbe nemmero scorrere nelle nostre vene. Il mio, poi, è un sangue anemico. Guarda, mi scalfisco con un ramoscello. Vedi com'è rosato?... Ti approfitti di me perché sai che non credo nel tempo e lo considero un'invenzione, una menzogna per scandire il transito sulla terra. Si sta dove non c'è inizio, dove non c'è fine. In quel mezzo c'è la vita. E tutto gira, gira, gira... Le cose? Le cose tornano. Tornano i visi. Ora che per te è finita, cerchi anime nelle quali riversarti. Cerchi la mia, di anima. Ladra dei miei occhi, delle mie buone intenzioni... Tu lo sai, quanto avrei amato venirmene con te e tua sorella, su per le erte di merda secca del tuo paese, o giocare con mio nonno bambino a tatuarci insieme una stellina sulla fronte, con il bottone nero dei papaveri. Quando mi chiedi se ci sono stata in questi vostri luoghi, a me sembra di sì, d'esserci stata. E che quella donna, quell'uomo, quel vecchio, quel bambino: chiunque fossi io. Il problema è stata la tua casa. La tua rigatteria di ricordi. Lo sgabuzzino nero e i ritratti sfocati di chi già era morto prima ancora che io nascessi. Amori di cui ero stata privata. Quanto ho desiderato liberarli tutti i miei avi infanti e portarmeli appresso per regalare loro una giornata delle mie. Insegnargli il modo che m'ero ricavato io d'andare in culo a tutti. Oh, se ce ne avevo di mondi da giostrarmi! Hai voglia a formicai da sfruculiare, a bruchi da collezione: piccoli da scartare, medilunghi e lunghi o lunghissimi, da pascere a fogliolone di cavolo cappuccio... Poi c'era la lista degli invitati ai miei giochi, ne avevo trovata di fantasiosa compagnia: Magamaghella e Mastrozigoga, che depone le uova col deretano da martin pescatore. Io sono furba e cangiante: verde in primavera e marrone sbruciacchiata a fine estate: come la mantide religiosa dalle lunghe zampe di pagliuzze. Eccoli, alla fine. Sono venuti da me. S'affacciano a uno a uno tra le zolle. Bisnonno Offredo: presente. Bisnonna Monda: presente. Trisavolo Sauro Cerquaglia, sorelle Cerquaglia: presenti. Nonno Gioacchino... Zio Paolo, anche tu. Venite si va. Si torna tutti all'infanzia. Tutti con me nel tramonto rosso dei campi. Marcio in fila indiana con il mio sconocchiato battaglione di antenati. Io avanti a tutti con un pennacchio. Avanti! E il sole imbocca leggero nell'orizzonte, come un'ostia che scivoli in una busta da lettera... Una voce urla: e io? Ci sei anche tu alle mie spalle sul precipizio della montagna spaccata. Nonna! Presenteenteenteente-enteenteee: ripete l'eco nella valle di travertino. Salvami nipotina! Se non puoi farmi vivere, almeno lasciami riaffiorare in te. No, tu non sei ancora dei nostri. Devi attendere che la comare secca termini il suo lavoro nella bianca valle. Sono le lenzuola del tuo sanatorio, che prendono vento come vele, a imbiancare la valle. Insieme a te, si contorcono nell'immacolata distesa, altre anime segnate, fiati senili che arroventavano i cuscini. Ma ve ne andrete, a una a una, anime mie. Le federe grigie passeranno per la disinfestazione e altre testoline, altri scuri aloni, verranno a finirle. Sarà così anche per te, vecchia svergognata, che t'apri sotto e chiami verso la corolla spampanata del tuo sesso, perché qualcuno venga con un unguento a spalmarti un po' di freschezza. A che t'è servito tirarti giù le sottane per tutta la vita, nasconderti il fiumicello vermiglio tra le cosce? Non hai più pudore, non t'è più dato di averne. Lo hai imparato in fretta. Ti strattoni le lenzuola via di dosso, quasi bruciassero. Ad averlo saputo prima, che si tornava cosce aperte come i neonati, avresti chiesto il cielo durante l'abbandono, sfuggendo alla tutela del buio nella tua camera da sposa. Ti saresti lasciata prendere all'aperto, sotto le fronde d'argento di un ulivo, nel mio giardino.

Se la riportò a casa il figlio maggiore, che addirittura sfrattò la moglie dal letto coniugale e ci ficcò la madre, per tenersela vicina, nel timore di non sentirla quando invocava aiuto, di notte. Tolse pure la porta al bagno, perché la carrozzella vi scorresse con facilità. Non so quante notti madre e figlio si stesero insieme, né cosa si dissero, né i pensieri che ognuno compose nel reciproco silenzio.

La stitichezza, che in ospedale era messa in evidenza dallo scuro grappolo di prugne secche di guardia sul comodino, nel giro di qualche giorno degenerò in un blocco intestinale. Lei non se ne preoccupò. Si sentiva protetta a casa del figlio: le pareva un primo passo verso la propria. Ripeteva che era adusata a non andare di corpo e che i lavandini intasati si sturano. Ma, intanto, di mangiare non le andava più. A nulla valsero lassativi e clisteri. E il medico ordinò un nuovo urgentissimo ricovero.

Era un dopopranzo incredibilmente avaro di luce quando lasciò la casa. Stavolta la clinica era bellissima, immersa nella frescura di un bel prato e di alberi sempreverdi: un respiro nel cuore abbacinato della città. Nessun eccesso, nemmeno un'insegna luminosa. Un glicine gocciava i suoi fiori sulla sfoglia di marmo incastonata nel muro di cinta, dov'era incisa una piccola, discreta, croce e il nome di una santa. Il volto della stessa santa era rinchiuso, sotto il vetro d'una teca a losanga, nella sala dell'accettazione, oltre la porta d'ingresso. Dall'inizio della malattia, nessun luogo l'aveva accolta con tale clemenza. Qui non c'era da lottare, e ciò mi apparve un presagio. I lunghi corridoi fuggivano lucidi, con le porte di faggio chiare, allineate a destra e a sinistra. Oltre quelle porte, la malattia stava appartata in ampie camere silenziose.

Ne ebbe una anche lei. Le facce afflitte di noi familiari, a turno, le rimasero accanto. Nelle ore che seguirono, il candido alternarsi delle suore fu l'unico fruscio che s'addentrò nella stanza. Tutto era bianco e senza rumore, come se il silenzio e il candore fossero una regola. Le suore non parlavano. Quando ce n'era bisogno, con un piccolo cenno, ci pregavano d'uscire o di scostarci dal letto. Sorridevano appena, con timidità, mosse da pena autentica per quella sconosciuta. Non temevano la morte. Avevano il coraggio della gentilezza nel prepararla. Alla sorella morte dedicavano preghiere, ed era un pensiero lieve, un passaggio, come la nascita. Questa umanità, che inaspettatamente si dispiegava attorno a nonna, mi sembrò un premio finale. Le suore la accudivano con dita arrossate (terribilmente deterse) dal tocco leggerissimo. Quando si chinavano, la calotta di cotone bianco che fasciava il capo sotto il velo s'apriva un poco accanto alle orecchie, e potevo vedere i loro capelli: ogni volta di un colore inaspettato. Le immaginavo libere da quel castigo, con i capelli quale naturale cornice del volto. Volti talmente nudi da sembrare scabrosi. Povere suore, angeli con la couperose – sacrificati in questo mondo così parco di vocazioni.

Stavo seduta accanto al letto di nonna e guardavo fuori. Nella finestra c'era solo cielo. Sistematicamente l'azzurro era guadato dal ramo di un sempreverde: s'era alzato il vento, la cui voce rimaneva fuori dai vetri. Intanto il tempo di lei precipitava. Avrei voluto spalancare la finestra, e lasciare che un soffio d'aria scomponesse l'immobilità della stanza; ma ero stanca di contrappormi a tutto. E, poi, quel luogo invitava alla sottomissione. Andavo alla finestra e scrutavo con orrore la geometria della vegetazione curata, costretta in aiuole e siepi nane. Mi riaccostavo al letto, in un andirivieni sfaccendato. Il buio scese senza avvertimento: m'ero distratta, e nella finestra non si vedeva più il cielo. Era una notte senza luna. Allarmata mi voltai: nonna, sebbene avesse gli occhi riversati nella finestra, non sembrava essersi accorta di quella sparizione. La tristezza fu solo mia. Sapevo che, morendo, avrebbe avuto solo mura bianche attorno a sé, e una finestra cieca, verso la quale non valeva più la pena di guardare. Tirai le tende.

Nessun'alba avrebbe ricomposto, per lei, quel riquadro azzurro, che a tratti si sbavava di verde. Non più cielo, non più alberi, non più baci... Niente. Così è la morte.

I suoi occhi riacquistarono brillantezza. Erano lucidi come dorsi di pesce, e mi parvero un ultimo rimprovero. Me ne andai. Assistere alla migrazione di una vita, con l'intento di carpire al morente qualcosa che ci possa tornare utile per il nostro transito verso l'eterno, è un affare da figli di zoccola ladra. E nell'abbraccio di congedo (oh, se è vile quell'ultimo abbraccio!), i resti mortali ci consegnano l'unica certezza che cerchiamo: quella di essere ancora vivi. Mentre nonna moriva, io dormivo. Morì come tutti gli altri, senza nulla che valga la pena di essere ricordato. La sua sindone era un lenzuolo spiegazzato che odorava di vecchia.

Più tardi, uscendo dalla cappella, non l'ho baciata. Io non tocco i morti. Se penso all'interno di quel loculo, vedo un paio di vecchie scarpe, qualche rimasuglio di stoffa, una forcina per i capelli, la vera del Duce. Per il resto, non credo che Antenora sia lì.

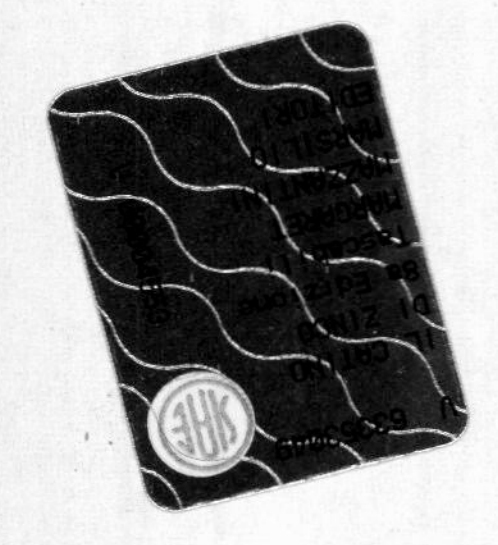